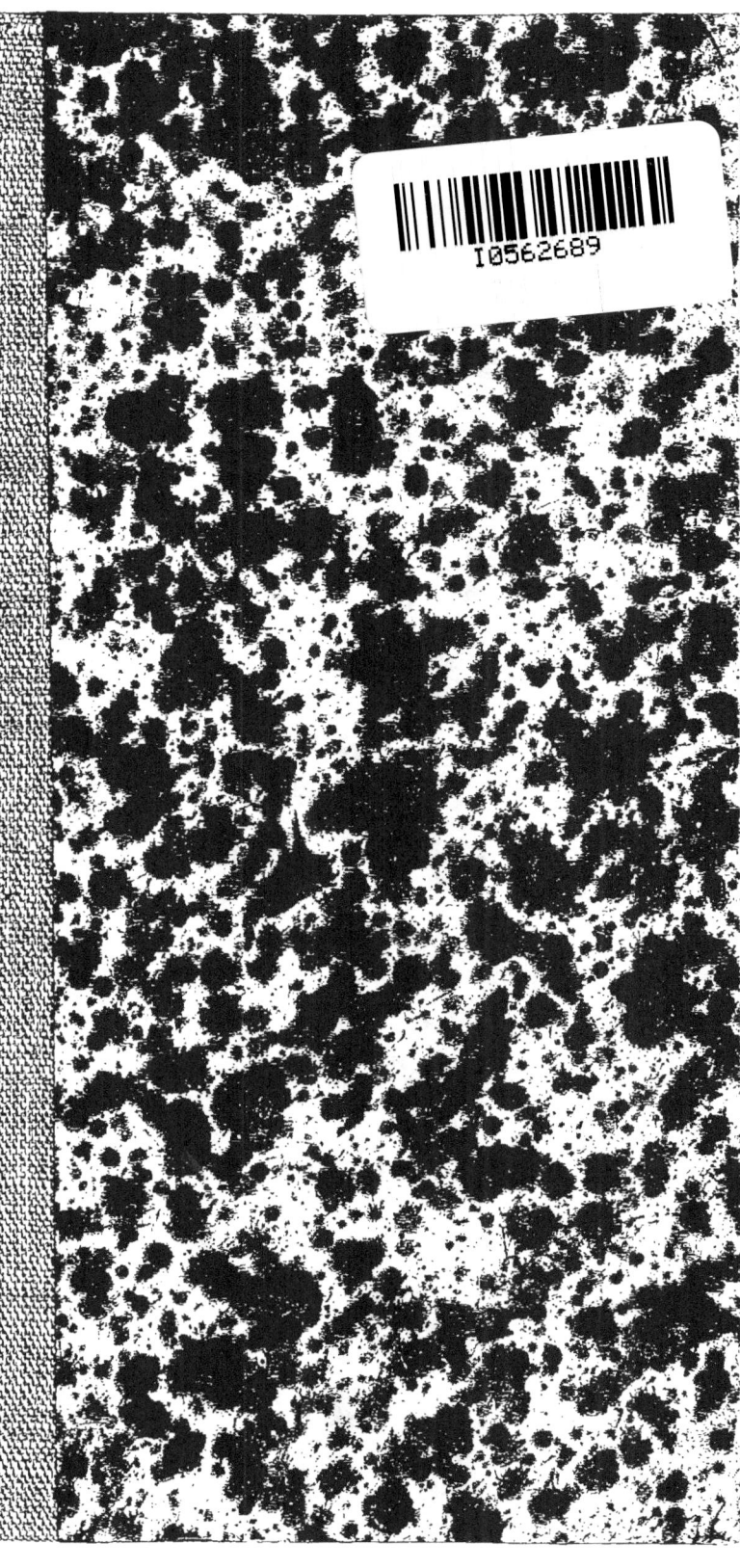

I0562689

ALEXANDRE DE SALIES

LE
CHATEAU DE LAVARDIN

ÉPISODES

DE LA

VIE FÉODALE AU XVᵉ SIÈCLE

PARIS
LIBRAIRIE
J.-B. DUMOULIN
Quai des Gr.-Augustins, 13.

PARIS-AUTEUIL
LIBRAIRIE DE LA
FRANCE ILLUSTRÉE
Rue La Fontaine, 40.

1879

LE CHATEAU DE LAVARDIN

PARIS-AUTEUIL

IMPRIMERIE DES APPRENTIS ORPHELINS. — ROUSSEL

40, rue La Fontaine, 40

ALEXANDRE DE SALIES

LE
CHATEAU DE LAVARDIN

ÉPISODES

DE LA

VIE FÉODALE AU XVᵉ SIÈCLE

PARIS

J.-B. DUMOULIN

LIBRAIRE

Quai des Gr.-Augustins, 13.

PARIS-AUTEUIL

LIBRAIRIE DE LA

FRANCE ILLUSTRÉE

Rue La Fontalne, 40.

1879

LE

CHATEAU DE LAVARDIN

ÉPISODES DE LA VIE FÉODALE AU XVᵉ SIÈCLE

—

INTRODUCTION

Non loin de la ville de Vendôme, et sur les
bords de la rivière du Loir, s'élèvent, couronnant une colline à pic taillée en forme de promontoire, les ruines d'un château féodal se rat-
tachant aux XIIᵉ, XIVᵉ et XVᵉ siècles.

Les trois murs d'enceinte de la vieille forteresse sont presque partout rasés, ne laissant
voir, par-ci, par-là, qu'un petit nombre d'assises
intactes, et des fondations épaisses.

Cependant, du côté du midi, et surplombant
un profond ravin qui sépare le promontoire de
la chaîne des collines, se dressent trois tours
des plus pittoresques. L'une d'elles, à peu près

1

isolée, est éventrée de part en part. Mais les deux autres, entières et toujours couronnées d'une partie de leurs mâchicoulis, s'appuient sur une épaisse courtine percée d'une porte ogivale, que surmonte une niche sculptée, autrefois garnie d'une image de la Vierge.

Cette porte, à laquelle on accédait jadis par un pont dormant jeté sur le ravin, et un pont-levis, dont les flèches jouaient dans deux grandes rainures percées à travers la courtine, est d'un grand aspect et semble toute prête à livrer encore passage aux hommes d'armes et aux chevaliers.

Au sommet de la colline, s'élèvent aussi les restes d'un donjon magnifique, sur plan barlong, et presque intact du côté du ravin, avec ses contre-forts et ses robustes galeries de mâchicoulis. Du côté de la plaine il est béant, laissant voir suspendues au-dessus de quelques fenêtres découpées en quatre feuilles élégantes, des restes de voûtes ogivales du XIVe siècle, moulurées avec une finesse exquise.

Puis, autour du donjon, ce sont quelques pans de murs d'une épaisseur effrayante, percés d'embrasures à canon, et d'autres moins épais et plus anciens, dans lesquels s'ouvrent des meurtrières.

Toutes ces ruines constituent l'ensemble le

plus pittoresque qui se puisse voir. Elles dominent, en outre, une vallée délicieuse. Aussi les touristes aiment-ils à les visiter et à jouir du haut des ruines de la tour maîtresse, des points de vue qui s'offrent aux regards.

Pour ceux dont la visite poursuit un but plus sérieux, les ruines de Lavardin offrent aussi un curieux sujet d'étude. Il est facile, en effet, de se rendre compte parfaitement de ce que fut la vieille forteresse; de restituer ses trois enceintes, couronnant trois paliers, échelonnés de la base au sommet; de relever les bâtiments de service et les casernes; de rendre enfin toutes ses splendeurs à la demeure seigneuriale, élevée et restaurée par les comtes de Vendôme, pour qui elle fut toujours une demeure favorite.

De là, à rendre au vieux château son ancienne animation, sa vie d'autrefois, en le peuplant des personnages qui l'habitèrent et le faisant le centre d'une action presque historique et, en tout cas, pleine de couleur locale, il ne saurait y avoir bien loin. Nous avons voulu l'essayer, et tel sera le fond du récit qui va suivre.

I

LA VEILLE.

Le septième jour de septembre de l'année 1472, un mouvement extraordinaire régnait dans ce château de Lavardin dont nous venons d'esquisser et la situation et l'imposant aspect.

Le capitaine châtelain avait, dès la pointe du jour, visité tous les postes, examiné toutes les défenses et prescrit la plus grande activité. Aussi ce n'étaient partout qu'allées et venues.

Dans les lices (1) et derrière le mur de la seconde enceinte, des hommes d'armes accompagnaient un *engigneur* (2) qui visitait avec soin les énormes engins à contre-poids et à percussion que l'artillerie n'avait pu supplanter encore, tant on se fiait à leur puissance. Là se trouvaient des caables, des pierrières, des trébuchets et des mangonneaux dont la forme variait avec le mécanisme, mais qui remplissaient à peu près tous le même but, et dont quelques-uns pou-

(1) Espace de terrain compris entre deux enceintes.
(2) C'étaient des hommes chargés de la fabrication, du montage et de la direction des engins ou machines de guerre. De ce mot est venu celui d'*ingénieur*.

vaient envoyer à toute volée de gros boulets de pierre pesant jusqu'à deux ou trois cents livres.

Un autre *engigneur* passait en revue sur les chemins de ronde (1) et dans les tours où les meurtrières casematées en permettaient l'emploi, les arbalètes à tour, montées sur trois roues, qui lançaient avec la plus grande précision d'énormes flèches ou des barres de fer quelquefois rougies au feu.

Un sergent d'armes veillait dans chaque poste à ce que les planches posées dans les enfoncements voûtés, pour recevoir les arcs, les arbalètes et les flèches de diverses formes, fussent parfaitement nettoyées, les armes en bon état et les gonds des portes, huilés, ainsi que les verrous. Quant aux traverses en bois qui s'enfonçaient dans les murs et qui servaient à barrer les portes, on se contentait de les frotter avec soin, pour que la poussière accumulée n'en gênât point la manœuvre.

Dans l'enceinte du donjon, un *engigneur* spécial examinait avec soin les pièces d'artillerie logées dans les embrasures casematées, dont quelques-unes se voient encore parmi les

_____

(1) Chemins pratiqués sur l'épaisseur des murs, derrière les créneaux.

ruines des fortes murailles. Ces pièces n'étaient
pas toutes pareilles, et avaient peu de rapport
avec celles que nous voyons aujourd'hui. Quelques-unes lançaient des projectiles dont la grosseur n'excédait pas celle d'un biscaïen. D'autres,
montées sur des affûts sans roues, lançaient des
boulets de pierre de la grosseur d'une orange.
Ces pièces étaient fort longues et se chargeaient
par la culasse, au moyen d'un système ingé-
nieux.

Enfin, dans une vaste salle voûtée qui occupait
le rez-de-chaussée du donjon, et qui ne recevait
de jour d'aucun côté, des hommes d'armes four-
bissaient, à la lueur des lampes, des armes de
toute sorte : des piques dentées, des haches
d'armes, des marteaux d'armes, des massues,
des épées de toute longueur, ainsi que des
arbalètes de bois et de corne, qui étaient ran-
gées avec ordre, au fur et à mesure, sur des ta-
blettes ou des râteliers. Dans une autre partie
de la même salle, réservée aux armes défen-
sives, on polissait des casques de diverses formes, des hausse-cols, des cuirasses, des bras-
sards, des cuissards, des genouillères, et une
foule d'autres pièces d'armures de fer ou de
cuivre, ainsi que des boucliers et des rondelles.

Deux ateliers du même genre fonctionnaient

aussi dans les bâtiments spéciaux placés l'un entre la seconde et la troisième enceinte, du côté du nord, l'autre dans la troisième enceinte, contre le mur en terrasse qui subsiste encore aujourd'hui, près et au-dessus des restes de l'entrée de la troisième enceinte.

De leur côté, les trente chevaliers qui formaient une partie de la garnison ordinaire du château, passaient la revue de leurs armes, que des valets venaient de fourbir, ou s'assuraient, avec leurs écuyers, de l'état des chevaux.

Pendant que de tous côtés régnait cette activité, les sentinelles placées dans les échauguettes (1) ou sur les tours, se répondaient à de courts intervalles, et le sonneur, placé dans une tourelle au-dessus du grand escalier d'honneur, au milieu des bâtiments de la troisième enceinte, semblait redoubler de précision pour frapper avec son grand marteau, sur une cloche, l'heure que marquait l'horloge intérieure, et qui réglait la distribution du temps de tout le château. Car, à cette époque, les horloges sonnant d'elles-mêmes étaient aussi rares en France qu'elles commençaient à être communes en Allemagne.

(1) Guérites de maçonnerie sur divers points des murailles de défense.

Quelle était donc la cause de ce redoublement de zèle et de surveillance, de cette sorte de mise sur pied de guerre du château, de cette agglomération exceptionnelle de chevaliers et d'hommes d'armes enfin; car les châteaux féodaux n'étaient pas ainsi toujours garnis de défenseurs et prêts à tout événement? Un chevaucheur — c'était ainsi qu'on appelait alors les courriers, — un chevaucheur était arrivé en grande hâte la veille au soir, peu avant le coucher du soleil. Les ponts-levis s'étaient abaissés devant lui; il avait remis un ordre écrit au capitaine châtelain, et une lettre scellée à très-haute dame Jeanne de Laval, veuve de Louis Ier de Bourbon, comte de Vendôme, qui, depuis la mort de son mari, habitait le château de Lavardin.

Ces lettres annonçaient-elles quelque attaque imminente à laquelle il fallait se préparer?

Non; car, dès l'aurore, le grand veneur était parti pour la chasse avec quelques chevaliers ou écuyers, et les pêcheurs du village qui étaient tenus de fournir de poisson la table de Monseigneur le comte, avaient été avertis de faire leurs pêches. D'un autre côté, les cuisiniers et leurs aides déployaient au moins autant d'activité que les hommes d'armes, tuant volailles, moutons et veaux, dépeçant les viandes,

préparant les hachis, chauffant les fours pour
les grosses pâtisseries et les pâtés; et les gens
de service allaient époussetant partout les appartements, balayant les passages et les esca-
liers, fourbissant les ferrures artistement tra-
vaillées, de toutes les portes intérieures.

Qu'y avait-il donc d'extraordinaire?

On attendait pour le lendemain, jour de la
Nativité de Notre-Dame la Vierge, le fils de
Jeanne de Laval et de Louis de Bourbon,
Jean VIII, comte de Vendôme et de Castres,
seigneur de Lusignan en Narbonnais, de Lavar-
din, de Montoire, de Bonneval, de la Chartre-sur-
Loir, et d'une foule d'autres lieux.

Les lettres que le chevaucheur avait apportées la veille, étaient de lui, et on se conformait
à ses ordres.

Le mouvement qui animait tout le château
pouvait ainsi s'expliquer. Néanmoins, il faut le
dire, dans l'activité que le châtelain déployait, et
dans les précautions militaires qu'il avait pres-
crites, il y avait quelque chose de plus que les
préparatifs d'une réception ordinaire.

Cette observation n'avait échappé à personne.
Les chevaliers et les écuyers en causaient tout
bas, comme gens initiés au mystère; mais la
soldatesque, qui ne savait rien, se livrait à toute

1.

sorte de commentaires, profitant pour jaser, des moindres instants que lui laissait l'activité du service.

Dans les salles d'armes où les hommes étaient plus nombreux, l'impatience de la langue était plus grande, et les sergents qui veillaient au travail étaient sans cesse obligés de couper court aux discours oiseux; car il ne manquait pas d'armes à fourbir, et cela pressait.

Vers l'heure de none, cependant (1), le travail étant très-avancé, la surveillance se ralentit, et les hommes engagèrent peu à peu des conversations plus animées et plus suivies.

Dans la salle d'armes de la troisième enceinte surtout, les soldats ayant presque tous fini leur tâche, et le sergent les ayant quittés un instant, les commentaires furent leur train avec une extrême vivacité.

Il y avait là des mercenaires de tous les pays, quelques lansquenets, des Gascons, et, chose assez extraordinaire pour cette époque, des hommes du Vendômois, à la solde du comte Jean.

La conversation devint surtout fort vive entre ces derniers et les Gascons, dont la pétulance

(1) Trois heures de l'après-midi. Les heures du jour se comptaient encore alors à partir du lever du soleil, qui était supposé avoir lieu à six heures.

trouvait repartie à tout, mais ne laissait pas d'être empreinte d'une certaine forfanterie.

— Vous ne me ferez jamais croire, dit un Gascon, que tous ces préparatifs sont faits pour récréer les beaux yeux de notre seigneur et maître, le comte Jean. A d'autres dénicheurs de merles! Je m'y connais, et je gagerais bien qu'avant qu'il soit huit jours, le roi Louis XI ou quelqu'un de ses lieutenants sera devant Lavardin pour en faire le siège.

— Il en sera quitte pour s'en retourner comme il sera venu, répondit un Vendômois. Richard d'Angleterre, le grand preneur de places, avait au moins autant d'envie de Lavardin que le roi Louis XI, et il s'y est cassé le nez.

— Oui; mais il ne s'est point cassé le nez à Vendôme, qu'il a incendié de fond en comble, reprit un autre Gascon.

— Belle affaire! poursuivit le Vendômois; quand il y a des traîtres dans une place!

— Qui parle de traîtres, *cap de Diou?* cria un troisième Gascon, en frappant du poing sur la table. Y a pas de traîtres.

Et un second coup de poing, en ébranlant la table, fit résonner trois ou quatre gantelets de fer qui la couvraient encore.

Après cette brutale sortie, ce fut un feu rou-

lant d'interpellations et de ripostes, animées
jusqu'à la colère. Pierre Maillé — c'était le nom
du Gascon que le mot de *traître* avait si fort
exaspéré, — Pierre Maillé, surtout, criait à tue-
tête et se démenait comme un possédé.

C'était un homme de quarante ans, de taille
ordinaire, aux cheveux roux, aux prunelles ver-
tes, cachées sous des paupières très-fendues,
mais épaisses et presque fermées; ses sourcils
épais se rejoignaient sur un nez épaté, par une
courbe très-prononcée; sa bouche était grande,
et la lèvre supérieure, fort courte, laissait voir
une rangée de dents irrégulières, mais assez
blanches. Son menton était court, ses joues larges, et ses oreilles, détachées de la tête, s'ar-
quaient en avant.

Quant au corps, il avait les épaules assez larges, mais voûtées, les bras courts, les mains
énormes, les genoux cagneux, sans que rien an-
nonçât en lui une force au-dessus de l'ordinaire.

Ce hideux personnage faisait, depuis huit jours
à peine, partie de la garnison du château. Re-
poussé d'abord par le capitaine châtelain lorsqu'il
s'était offert pour manœuvrer les engins, il était
allé trouver Mgr de Vendôme lui-même, et
lui avait conté qu'un vieux cousin avec lequel il
avait guerroyé toute sa vie, était engagé dans

la place de Lavardin, et qu'il désirait vivement l'aller rejoindre. Grâce à la protection d'un chevalier gascon, qui répondit de lui, l'ayant vu se battre à Montlhéry, le comte Jean l'accepta.

Pierre Maillé était d'une bravoure sauvage, ne connaissant pas le danger, mais, comme un vieux routier qu'il était, aimant la guerre pour le sang qu'elle faisait répandre. Du reste, renfermant deux hommes en lui, l'un flatteur, insinuant, et, sous sa grossière enveloppe, habile à ourdir une trame : c'était Pierre Maillé à jeun; l'autre insolent, vantard et violent : c'était Pierre Maillé après boire.

Son premier soin, en arrivant à Lavardin, avait été de s'insinuer dans les bonnes grâces du sommelier, et la scène que nous avons vue tout à l'heure, nous laisse comprendre qu'ayant des premiers fini sa tâche, il s'était esquivé un instant pour rendre visite à ce fonctionnaire favori.

Dans l'état d'excitation où il était, Pierre Maillé n'était pas homme à clore paisiblement une discussion. Il s'était animé de plus en plus, après les quelques paroles que nous avons rapportées, et semblait avoir pris à partie le Vendômois. Il lui avait déjà lancé plusieurs épithètes grossières et blessantes.

— Qu'est-ce qu'un Vendômois? finit-il par dire avec mépris.

Jacques Tissard — c'était le nom du Vendômois — se sentit exaspéré à cette parole, et sa figure devint pourpre. Il se contint, néanmoins, et, d'une voix presque basse, mais ferme et accentuée :

— Je te ferai savoir, dit-il, ce que c'est qu'un Vendômois.

— Et combien faut-il de Vendômois pour un Gascon ? poursuivit Pierre Maillé. Combien étaient les nôtres lorsque, pendant le carême de 1362, ils s'emparèrent du château de Vendôme et le gardèrent jusqu'à l'Ascension.

Il avait à peine fini, qu'un gantelet de fer lancé d'une main vigoureuse, vint le frapper en pleine figure.

Jacques Tissard, blessé dans son amour-propre national, n'avait plus été maître de lui.

Les doigts du gantelet, flexibles et garnis de cuir, avaient porté les premiers et amorti le coup ; néanmoins, le nez et la bouche de Pierre Maillé étaient tout en sang. Surpris d'abord par ce coup imprévu, il se leva bientôt, et, tirant son couteau, d'un bond il le plongea dans l'épaule de Jacques Tissard, qui tomba en poussant un cri de douleur.

Les hommes d'armes se précipitèrent aussitôt, les uns pour relever le blessé, les autres
pour se saisir de Pierre Maillé, qui, du reste,
dégrisé par ce qu'il venait de faire, restait sans
mouvement, et dans l'attitude d'une stupidité farouche; lorsque dominant le tumulte, une voix
s'écria :

— Qu'on le mène au corps de garde, et qu'on
ait l'œil sur lui !

C'était la voix du sergent, qui, ramené par le
bruit, franchissait le seuil de la salle au moment
même où Pierre Maillé s'élançait sur Jacques
Tissard. Il avait tout vu.

Pendant qu'on exécutait ses ordres, il se hâta
d'aller faire son rapport au capitaine châtelain,
qui logeait dans cette tour ronde dont la souche
et quelques pans de murs avec leurs cheminées
moulurées, se voient encore sur la pointe avancée du palier qui porte la troisième enceinte, du
côté du village.

— Par la Sainte-Larme (1), dit le capitaine, j'a-
vais bon nez de ne pas vouloir de ce drôle pour
ma compagnie. Qu'on le jette dans le cachot.

Puis, radoucissant le ton :

— Et Jacques Tissard ?

(1) La Sainte-Larme était une relique célèbre de l'abbaye de
la Trinité de Vendôme. Nous aurons occasion d'en parler.

— Il n'est point mort, capitaine.

— Qu'on le porte à la Salle-Dieu (1), et qu'on appelle en toute hâte le chirurgien. Le meilleur de mes hommes d'armes, le plus brave et le plus loyal ! ajouta-t-il ensuite. Je ferai voir à ce vagabond qu'il y a une justice sur les terres du comte Jean, et que les merlons (2) peuvent encore servir de potences.

Le sergent partit. Pierre Maillé fut conduit dans un cachot bâti au pied du donjon, du côté du Nord.

C'était une sorte de fosse étroite et profonde, sans jour aucun, et du genre de celles que, dans les vieux châteaux, le préjugé fait qualifier d'oubliettes, sans que rien dans l'histoire ou dans les chroniques justifie cette appellation. On n'y pouvait pénétrer que par une trappe percée dans la voûte.

Après avoir, sans qu'il opposât de résistance, dépouillé Pierre Maillé de tout ce qu'il avait dans les poches de ses vêtements, on lui passa une corde sous les bras, et, tenant d'en haut les deux bouts de la corde où il restait suspendu, on le descendit dans ce cachot. Puis, tirant un

(1) L'infirmerie.

(2) Partie de maçonnerie pleine entre les créneaux des remparts ou des tours. C'était là, souvent, qu'on pendait les coupables dans les forteresses du moyen âge.

des bouts de l'engin, on le ramena tout entier à soi. L'entrée du cachot, ailleurs fermée par une pierre de taille, l'était ici par un madrier de chêne. On le fit glisser dans les feuillures destinées à le recevoir, et l'on poussa dessus une forte solive, qui, s'engageant, au niveau du sol, dans les trous pratiqués sur les parois des deux murs opposés, vint barrer la trappe par le milieu(1).

Cela fait, on se retira, laissant le farouche Gascon aux réflexions que pouvaient lui suggérer l'affreux réduit dans lequel il était plongé.

II

LA DOUAIRIÈRE DE VENDOME.

Or, pendant que ces scènes de tumulte se passaient dans les parties basses du château, tout était calme dans les appartements du donjon, et trois femmes d'âges divers, réunies dans une magnifique et vaste chambre, devisaient ensemble en faisant de la tapisserie.

— Je suis heureuse de le revoir, disait la plus âgée, car voilà bientôt trois ans qu'il n'est venu

(1) La tour sud-ouest du donjon de Lavardin, dite, tour des oubliettes, laisse voir encore un système de fermeture de ce genre.

dans le château. Et cependant, le motif qui l'a-
mène sera pour mon cœur un sujet de craintes
continuelles. Combien de puissants seigneurs
sont déjà tombés victimes de la haine de notre
roi Louis XI! S'il suffisait de la force des murailles ou du dévouement des vassaux pour déjouer ses coups, le comte Jean pourrait se croire
en sûreté à Lavardin ; mais qui peut se garantir
des trames ourdies dans l'ombre et des pièges
de la trahison ?

Celle qui parlait ainsi, était assise sur un
coussin de velours, recouvrant le banc de pierre
d'une profonde embrasure de fenêtre gothique.
C'était une femme d'une soixantaine d'années
environ, belle encore, malgré son âge et les cheveux gris qui accompagnaient sa figure. Toute
sa personne respirait un air de dignité qui aurait touché peut-être à la sévérité, s'il n'eût été
tempéré par une grâce exquise et une parole
d'une douceur particulière.

Elle avait laissé retomber son ouvrage sur ses
genoux en prononçant les derniers mots que
nous avons rapportés, et, un instant, elle garda
le silence.

— Madame Catherine, reprit-elle ensuite, en
s'adressant avec familiarité à la plus âgée des
deux autres femmes, mes lunettes sont sur la

table (1) : voudriez-vous me les faire passer ?
Décidément, je ne peux travailler longtemps sans
que mes yeux se fatiguent.

Puis, s'inclinant avec un gracieux sourire
vers une jeune fille de dix-sept ans, qui s'était
levée avec vivacité, pour éviter à Mme Catherine
la peine de donner les lunettes :

— Merci, ma mignonne. Vos jolis yeux n'ont
pas besoin de ces vilains meubles-là. La comtesse
douairière de Vendôme, quand elle était Jeanne
de Laval, ne s'en fût pas plus servi que vous.
Mais on vieillit, ma petite Blanche, on vieillit.

— Oh ! Madame, vous êtes seule à le dire,
répondit l'enfant.

— Petite flatteuse ! ces deux verres n'en sont-
ils pas la preuve ?... Tenez, pour vous punir de
votre flatterie, faites-moi atteindre encore cette
corbeille de laine qui est là sur le banquier (2)...
Merci, mon enfant !... Hé ! ne vous retirez pas si
vite. Voyons, votre avis, ma mignonne : ne
trouvez-vous pas que ces trois lionceaux d'argent
ressemblent à des léopards ?

La jeune fille regarda attentivement la tapisserie qui lui était présentée, et sur laquelle se
voyaient brodées les armes de Bourbon-Ven-

(1) L'invention des lunettes date du xiii⁰ siècle.
(2) Grand banc fixe, qui se reliait avec les lambris et faisait
partie de tout riche ameublement.

dôme, qui étaient de France, à la bande de gueules, chargée de trois lionceaux d'argent.

— Non, Madame, fit-elle ; je trouve que ce sont bien des lionceaux ; mais ce fond de France était plus joli quand il était semé de fleurs de lis sans nombre, comme dans l'écu du comte Jean VII.

— Vous savez, ma petite, que c'est en l'honneur de la sainte Trinité qu'on les a réduites à trois. C'est une belle pensée, qui doit faire oublier tout le reste. — Mais regardez bien mes lionceaux ; pour rien au monde, je ne voudrais qu'ils eussent quelque chose du léopard anglais.

Sur cette insistance nouvelle, Mme Catherine, qui s'était jusque-là contentée de regarder de loin, se rapprocha elle aussi pour examiner avec plus d'attention. Puis, regagnant son siège :

— Mais non, ma cousine, dit-elle, jamais on ne s'y méprendra.

— Ah! vous savez combien mon fils, le comte Jean, déteste les Anglais. Si dans cette belle chaire (1) sculptée que je lui destine, et que mes tapisseries vont compléter, la moindre chose lui rappelait les tyrans de la France, malgré la ten-

_____

(1) On donnait particulièrement le nom de *chaire* à une grande chaise à dossier et à bras, qui se plaçait au fond de a ruelle du lit.

dresse qu'il a pour moi, il la briserait, j'en suis sûre, en mille pièces.

— Après tant de peine que vous vous êtes donnée, Madame, reprit Blanche en se rasseyant, ce serait grand dommage.

— Je me fais une si douce fête d'offrir demain ce cadeau à mon noble fils! Je l'aurais brodé pour le roi Louis XI lui-même, au temps où il aimait le comte de Vendôme et l'entourait de ses faveurs, que je ne l'eusse point fait plus beau.

— Oh! ma cousine, ne parlez plus, je vous en prie, du roi Louis XI! interrompit Mme Catherine; qui sait s'il a jamais aimé le comte Jean? Quand on a pris les armes contre son propre père, et qu'on l'a fait mourir de chagrin, est-on capable d'aimer quelqu'un? Ne voit-on pas le roi notre sire disgracier tous les jours ceux qui lui ont montré le plus de dévouement, et les remplacer dans ses faveurs par des hommes de la plus basse origine?(1) Ce qu'il veut avant tout, c'est humilier sa noblesse. Aussi sa noblesse se retire-t-elle dans ses terres, et bien elle fait. Heureux ceux qui ont de bonnes forteresses pour se mettre en sûreté?

(1) C'étaient là les plaintes que répétait sans cesse la noblesse. Nous devons dire, pour la vérité historique, qu'il y avait en général quelque raison à la conduite de Louis XI, bien qu'avec le comte Jean il se soit réellement montré ingrat.

— En sûreté, ma cousine? on n'est jamais en sûreté contre la trahison, et Dieu sait si notre roi se fait faute d'en user.

— Vous avez raison ; il est en cela bien différent de son père Charles VII, de glorieuse mémoire. Mais enfin, quand on connaît ses bons vassaux, on peut avoir quelque assurance ; et pour ce qui est des hommes soldés, en les payant bien, qu'ils soient lansquenets ou Gascons, on peut les rendre aussi fidèles que la garde écossaise du roi lui-même.

— Ces pensées me rassurent un peu, Madame Catherine. J'approuve fort mon fils de n'avoir pas attendu au dernier moment pour quitter la cour. Et cependant, je crains que son éloignement n'achève d'irriter le roi et ne lui serve de prétexte pour bannir tout reste de ménagement.

Celle qui parlait ainsi, on l'a compris, était Jeanne de Laval, veuve de Louis Ier de Bourbon comte de Vendôme, et mère du comte Jean qu'on attendait le lendemain au château de Lavardin.

Elle s'interrompit, et, se tournant de nouveau vers la jeune fille :

— Blanche, ma mignonne, lui dit-elle, c'est encore de vous que j'ai besoin.

Blanche se leva légèrement, et vive comme un oiseau :

— Quoi donc, Madame?

— Tenez, voyez-vous ces quatre angles vides? ne vous semble-t-il pas que quatre petites fleurs de lis d'or les garniraient à merveille?

— Oh! Madame, ce serait charmant.

— Charmant, n'est-ce pas? Quand je disais qu'il y a plus de goût dans un petit coin de ces jolies têtes-là, que dans notre vieille cervelle tout entière! dit Mme Jeanne en souriant et frappant de la main le front de Blanche.

— Mais, Madame, s'écria la belle enfant, c'est vous qui avez trouvé cette jolie idée.

— Peut-être; seulement je n'étais pas sûre d'avoir bien trouvé, et votre jeune goût, ma petite Blanche, n'a pas hésité un instant.

Mme Jeanne de Laval se remit à son ouvrage, on causa de nouveau, et le sablier était à peine descendu d'une demi-heure, que tout était fini.

— Cette fois je suis au bout, dit-elle. La chaire est déjà garnie; ce soir le maître tapis· sier posera ces broderies avec leurs crépines, et demain je pourrai offrir le tout à mon fils.

Elle avait à peine prononcé ces paroles, qu'une fanfare et des pas de chevaux se firent

entendre sur le chemin qui bordait le grand
fossé du château du côté de la colline. La fenêtre dans l'embrasure de laquelle était assise
Mme Jeanne donnait de ce côté. Elle l'ouvrit
en toute hâte, et les trois femmes s'y précipitèrent pour voir ce qui se passait.

III

LE RETOUR DE LA CHASSE.

La position du château de Lavardin a cela de
particulier que le moindre bruit produit sur le
penchant du coteau qui l'entoure, au midi et à
l'ouest, y trouve son écho. De tous les points
du chemin dont nous venons de parler, surtout,
le son parvient dans les ruines, avec une incroyable facilité, si bien qu'en les parcourant,
il n'est pas rare de croire entendre tout près de
soi, des voix qui parlent sans effort à une assez
grande distance.

Au temps où des bandes organisées enlevaient
à l'improviste plus d'une forteresse, le château
de Lavardin devait trouver dans cette disposition acoustique, une précieuse garantie contre
les surprises. Mais, à la fin du xve siècle, les
bandes étaient à peu près détruites, et le bruit

qui avait attiré l'attention de Mme Jeanne et des dames de sa compagnie, ne pouvait être inquiétant.

Néanmoins, et bien qu'on sût à quoi s'en tenir dans le château, le guet avait fait son devoir, et dans les corps de garde du pont-levis comme sur les tours d'entrée, chacun était à son poste.

De la fenêtre de Mme Jeanne, on voyait défiler sur le bord extérieur du fossé, tout un long cortège de chevaliers, d'écuyers, de piqueurs et de paysans. Les chevaux, encore blancs d'écume, semblaient avoir fourni une longue course, et quelques-uns de ceux qui les montaient, avaient leurs vêtements fort en désordre.

Les piqueurs tenaient en laisse plusieurs meutes de grands lévriers et de chiens de diverses espèces. Quant aux paysans, ils conduisaient des bêtes de somme chargées de gros et de moyen gibier, et portaient des épieux ou autres instruments propres à la chasse.

On l'a deviné, ce nombreux cortège était celui du grand veneur, qui, nous l'avons dit, était parti pour la chasse au point du jour. Il marchait en tête, et deux piqueurs le précédaient sonnant de joyeuses fanfares.

Les trois dames que nous avons laissées à la

fenêtre suivaient d'un œil charmé le mouvement
de cette troupe; mais la plus jeune surtout en
était ravie.

— Oh! Madame, s'écria-t-elle en se tournant
vers Mme Jeanne, quand pourrai-je assister à
quelqu'une de ces brillantes chasses?

— Bientôt, mon enfant. Avec le comte Jean,
arrive Mme Isabelle de Beauveau, son épouse,
qui est jeune, et qui ne manquera pas une
chasse. Je vous promets de vous confier à elle.

— Oh! merci, Madame, merci..... Que ce
doit être beau, cette course furieuse des chevaux et des chiens à travers les bois, les fon-
drières et les précipices!

— C'est beau, mais dangereux quelquefois,
reprit Mme Catherine.

— Vous êtes allée à la chasse, vous, Madame? que vous êtes heureuse!

— Fort heureuse, n'est-ce pas, ma petite
Blanche? dit en souriant tristement Mme Catherine. Pourtant je ne vous désire pas ce bonheur tel que je l'ai goûté dans la dernière chasse
à laquelle j'ai assisté, mon enfant. C'était pendant
le séjour du roi Charles VII dans ce château. Il
était venu s'y enfermer pendant le siège du
Mans, comme dans une forteresse imprenable,
pour pouvoir, de là, porter des secours où il

en serait besoin. Les Anglais n'étaient pas loin;
et pourtant, le roi eut un jour là fantaisie d'organiser une grande chasse avec toute sa cour.
Aucune observation ne l'en put détourner.

On plaça donc des éclaireurs tout autour de
la forêt, quelques troupes furent mises à portée,
et la chasse partit joyeusement avec toutes les
dames, sans en excepter Mme Agnès (1). J'y étais
aussi. On fit des battues magnifiques; mais, dans
un certain moment, une vedette s'étant repliée
sur nous à toute bride en criant, on se crut au
pouvoir des Anglais. Heureusement, elle venait
indiquer simplement la remise d'un énorme sanglier. On y courut. L'animal blessé fut harcelé
par les chiens. Il s'élança furieux, faillit tuer le
roi, et renversa le sire de Cosson, dont il éven-
tra le cheval.

Le sire de Cosson était mon fiancé, et nous
devions nous marier à un mois de là. Je le crus
mort. Mais, se relevant prestement, il plongea
son couteau de chasse au défaut de l'épaule du
monstre, qui tomba sans faire un mouvement.
— A vous, Mademoiselle Catherine, s'écria-t-il
aussitôt en inclinant vers moi son arme toute
fumante. — Néanmoins, il était contusionné, et
c'était d'un mauvais présage; car, deux jours

(1) Agnès Sorel.

après, étant allé rejoindre Dunois, qui faisait le siège du Mans, il fut tué en arrivant devant la place.

Vous le voyez, ma chère Blanche, j'avais raison de ne pas vous désirer mon bonheur !

— Pour moi, dit Mme Jeanne, pendant cette chasse que mon veuvage récent m'avait empêchée de suivre, j'étais sur la plate-forme du donjon, portant mes regards vers tous les points de la contrée, épiant les moindres bruits, et en proie à une anxiété qui ne peut se décrire ; car, outre les craintes que j'avais pour le roi, je songeais à Jean, mon fils, alors âgé de 17 ans à peine, et qui avait voulu profiter de cette noble compagnie pour faire ses premières armes.

Les trois dames devisaient encore, que déjà le cortège arrivait à la tête de pont. Les fanfares cessèrent. Le grand veneur sonna trois fois du petit cor d'ivoire pendu à sa ceinture ; le guet placé sur les tours d'entrée, le reconnut, le signala aux postes inférieurs, et les ponts-levis s'abaissèrent avec fracas.

Mme Jeanne, abandonnant alors la fenêtre, se dirigea, avec Mme Catherine et Blanche, vers le pont-levis du donjon, qui ne se relevait qu'à la nuit ; par un passage souterrain, elle gagna les bâtiments d'habitation de la troisième enceinte et le grand escalier d'honneur, précédé, du côté opposé au donjon, d'une vaste salle où se tenaient les gardes.

Bientôt, le grand veneur, après avoir renvoyé les paysans et leurs bêtes de somme, fit charger sur des claies les prises de la chasse, et se rendit dans cette salle basse, avec les chevaliers et écuyers. Mme Jeanne était sur la porte de l'escalier. Il lui fit hommage du gibier, qui consistait en trois sangliers et une foule d'autres animaux de diverses espèces. On avait pris aussi un loup, qui fut déposé aux pieds de la comtesse douairière.

Les piqueurs tranchèrent ensuite la tête du loup et de deux des sangliers, pour les accrocher à la porte du château, en dehors, ainsi que c'était alors l'usage. Cela fait, Mme Jeanne, Mme Catherine et Blanche se retirèrent, et les cuisiniers vinrent s'emparer du gibier.

Sur ces entrefaites, le jour avait baissé. Déjà les portes du château étaient fermées, on avait laissé tomber la herse, et les sentinelles de nuit étaient à leur poste. Le sonneur frappa lourdement treize coups (1) sur son beffroi, et aussitôt on entendit corner l'eau (2) pour le souper.

(1) La treizième heure : sept heures du soir.
(2) Chez les nobles, le repas s'annonçait au son du cor. On appelait cela *corner l'eau*, parce qu'on se lavait les mains avant de se mettre à table.

2.

IV

EXPLICATIONS.

Il est temps, ce nous semble, de faire plus ample connaissance avec les trois dames dont la conversation a piqué naguère notre curiosité.

Nous savons déjà quelle était la plus âgée des trois, et il nous suffira d'ajouter que Mme Jeanne de Laval était une femme en qui les plus hautes vertus s'unissaient à une intelligence supérieure. Elle était avec cela douce, bonne, et possédait le don si rare de se faire aimer de tous ceux qui l'approchaient. Tous ses vassaux l'adoraient, jusqu'au dernier; car elle était pour eux aussi indulgente que charitable, et mettait son bonheur à leur être utile.

Pour ce qui était du comte Jean, elle en était vénérée, et il n'y avait sorte de tendresse ou de respect qu'il ne lui prodiguât.

Mme Catherine était une personne de 45 ans. Elle n'avait jamais été jolie, et sa figure était de celles qui semblent gagner à vieillir, parce qu'elles changent peu, et qu'on ne leur demande pas dans l'âge mûr ce qu'on leur demandait dans la jeunesse.

Mme Catherine n'avait pas une intelligence supérieure. Néanmoins, son esprit ne manquait pas d'une certaine poésie. Elle aimait les chants des trouvères et les comprenait. A côté de cela, les romans de chevalerie qu'elle avait lus avec passion dans sa jeunesse, lui avaient laissé un peu d'exaltation et quelques préjugés. Elle croyait aux pressentiments et à l'astrologie. Excellente femme, du reste, et capable de dévouement autant que d'affection, mais un peu obstinée quelquefois.

Son existence s'était écoulée presque tout entière dans le château de Lavardin. Parente des Bourbons, comtes de la Marche, par les femmes, elle avait perdu de bonne heure son père et sa mère. Feu Louis Ier de Bourbon, comte de Vendôme, époux de Mme Jeanne de Laval, avait été son tuteur, et, tout à l'heure, elle nous a dit elle-même qu'elle avait eu pour fiancé le sire de Cosson, mort devant le Mans.

Mme Catherine avait vingt ans quand fut tué le sire de Cosson. Elle jura de ne se point marier, et tint parole.

Quant à demoiselle Blanche, c'était une jeune fille qui s'ignorait elle-même, quoique douée de tout ce qui peut captiver les cœurs. Sans être belle, sa figure était remarquable. De sa bou-

che s'échappait un sourire plein de finesse, et
ses yeux profonds et limpides avaient une expression infinie. Joignez à cela un front
élevé, couronné de cheveux soyeux, d'un
blond un peu foncé, et le portrait sera complet. Enfin, elle était d'une taille moyenne, mais
élancée, et portait son corps avec une grâce et
une distinction parfaites.

Cependant ses qualités physiques n'étaient
rien à côté de ses qualités morales : vive, intel-
ligente, femme de sens et de cœur, elle aimait
tout ce qui est grand, noble et beau, et son esprit délicat savait découvrir dans les moindres
choses la plus exquise poésie. Avec cela, pleine
de douceur et de complaisance, elle était toute
à tous, et ne se lassait jamais d'être serviable
et bonne.

Après un pareil portrait, et ce que nous avons
déjà vu des rapports de Blanche avec Mme Jeanne
de Laval, il est inutile d'ajouter que la
comtesse douairière de Vendôme l'aimait de la
plus vive affection, et que Blanche le lui rendait avec usure. Ces deux âmes, en effet, malgré la distance des âges, semblaient être nées
pour se comprendre et s'apprécier.

Une autre raison avait aussi contribué à dé-
velopper la tendresse de Mme Jeanne : Blanche

était la fille du sire de Sourbec, gentilhomme du Quercy, écuyer du comte Jean et dévoué à sa personne. Elle avait perdu sa mère, jeune encore, avant que son père eût quitté le Quercy, et son père lui-même avait été tué à la journée de Montlhéry, pour avoir, dans cette bataille é-trange, où les deux partis se crurent en même temps vainqueurs et vaincus, cédé son cheval au comte Jean, qui venait d'être démonté.

Le comte était, depuis, le tuteur de Blanche, et il l'avait remise entre les mains de Mme Jeanne, qui s'en occupait comme de sa fille propre.

Nous devons ajouter que Blanche avait aussi toutes les sympathies de Mme Catherine, qui, bien qu'elle ne la comprît pas comme Mme Jeanne, était touchée du rapport qui existait entre la position de cette jeune fille et la sienne, à vingt-cinq ans de là.

Bref, on pourrait dire que, pour Mme Jeanne et Mme Catherine, Blanche était une enfant gâtée; mais l'enfant gâtée la plus aimable, la plus aimante et la meilleure du monde.

Et maintenant, reprenons le cours de notre récit où nous l'avons laissé, c'est-à-dire au moment où l'on venait de corner l'eau.

V

LE SOUPER.

Dans la grande salle du donjon dont les restes peuvent assez bien faire comprendre les anciennes dispositions, étaient réunis plusieurs gentilshommes attachés au service du château. C'était le capitaine châtelain, homme brave et sévère sur la discipline, partant un peu rude dans ses manières ; c'était son lieutenant, c'était le grand veneur, et dix des quarante chevaliers composant la garnison ; car, par groupe de dix, et à tour de rôle, ils venaient s'asseoir à la table seigneuriale.

Ces hommes s'étaient successivement lavé les mains à la fontaine qui formait un des accessoires obligés de ce qu'on appelait, dans les donjons, la grande salle, et des varlets leur avaient ensuite offert des linges blancs pour s'essuyer.

Ils avaient à peine fini que Mme Jeanne entra précédée de deux pages pour l'annoncer. Près d'elle se tenait un des moines du prieuré de Saint-Martin de Lavardin, prieuré autrefois fondé par les seigneurs du lieu, et renfermé dans la baille ou cour inférieure du château. Ce

moine remplissait les fonctions d'aumônier.
Derrière Mme Jeanne, venait Mme Catherine,
Mlle Blanche et quelques femmes de chevaliers
qui lui servaient de dames d'honneur.

La comtesse douairière de Vendôme salua gra-
cieusement en entrant, et, se détournant ensuite,
elle s'approcha d'une fenêtre devant laquelle un
page lui présenta à laver dans un bassin d'argent,
pendant qu'un damoiseau versait sur ses mains
l'eau parfumée d'une aiguière. Un second bassin
fut présenté à l'aumônier, et divers autres aux
dames, qui, servies par des pages, se lavèrent
toutes les mains.

Mme Jeanne de Laval prit ensuite place au
milieu de la table, Mme Catherine étant à sa
droite, Blanche à sa gauche, et l'aumônier vis-
à-vis d'elle, de l'autre côté de la table. L'aumônier dit tout haut le *Benedicite* — à cette époque,
c'était une des principales attributions des
aumôniers de dire le *Benedicite* et les *Grâces* ;
— puis Mme Jeanne s'assit, et chacun après elle.

Le repas était frugal. C'était une simple collat
tion ; car on jeûnait alors la veille de la Nativité.
Néanmoins une gaieté de bon aloi anima bientô-
tout le monde.

Le grand veneur, seul, semblait faire *triste
figure. C'était un homme d'une grande taille,

aux épaules athlétiques, et qui passait pour être, d'habitude, gros mangeur. Ce jour-là, l'exercice de la chasse lui avait creusé l'estomac plus que de coutume, et un gros morceau de venaison eût mieux fait son affaire que des fruits, du fromage et quelques compotes.

Ceux des autres chevaliers qui étaient allés à la chasse, eussent aussi préféré un repas plus substantiel ; mais ils en prenaient gaiement leur parti, plaisantant le grand veneur sur la longueur de sa mine.

— Mon père, dit l'un d'eux en s'adressant à l'aumônier, ne vous semble-t-il pas que Mgr le grand veneur a l'air de travailler pour l'enfer plutôt que pour le paradis, tant il met de mausaderie dans sa collation ?

— Par monseigneur saint Martin, dit un autre, ce serait le cas d'appliquer les dispenses ; qu'en pensez-vous, mon père ? Car enfin, la pénitence est bonne ; mais pour la chose publique, il importe que le comte de Vendôme conserve un de ses meilleurs officiers.

— Huit jours de ce régime, ajouta un troisième, et, à la première chasse, ce serait sûrement le gibier qui prendait le grand veneur.

— Monseigneur, dit à son tour le moine, qui avait été autrefois chevalier, et qui savait se tenir avec les gens du monde quand il le fallait, c'est, en effet, le cas des dispenses. Les gens de guerre ne sont point tenus au jeûne quand ils sont en campagne. Or, je maintiens qu'en chasse on est en campagne : c'est une guerre, si guerre fut. *Ergo*, Monseigneur, vous avez droit tout au moins à un jambon de sanglier garni de piment(1).

— Je passerais bien sur le piment, exclama le grand veneur, qui commençait à se dérider ; mais, patience, mon père ; demain, grâce à Notre-Dame et à Monseigneur de Vendôme, je prendrai ma revanche.

— Vous faites bien de nous prévenir, Monseigneur, dit à son tour Mme Jeanne ; le maître d'hôtel recevra ce soir nos ordres en conséquence.

— Que Votre Seigneurie daigne y veiller, Madame, repartit le moine ; il ne faudrait point laisser affamer la place.

— Riez et plaisantez tant que vous voudrez, s'écria très-haut cette fois le grand veneur ; mais, fallût-il faire dix jeûnes comme celui-ci, je les ferais de suite, plutôt que de savoir encore dans les bois le sanglier que j'ai tué cette après-midi.

— Je vous rends justice, Monseigneur ; c'est

(1) On mettait alors du piment partout

3

une prise magnifique et dont on peut à bon droit
se vanter, dit Mme Jeanne.

— Vous êtes bonne, Madame! — Et pensez
vous, Messeigneurs, que, cuit tout d'une pièce
et monté sur ses jambes, il ne soit pas demain
le plus bel ornement de la table? Il a fallu cette
conviction pour que son chef ne fût pas tenir
compagnie aux deux autres sur la porte du château.

— Puis, le chef, c'était une garantie de plus
pour votre revanche, fit quelqu'un.

— Il n'est pas besoin de garantie quand la
bonté de Mme Jeanne se préoccupe d'y pour-
voir. Du reste, Messeigneurs, nous avons tous
fait bonne chasse, et je crois que Monseigneur
de Vendôme sera content.

Un léger coup, frappé sur la table, vint couper
court aux conversations, en signalant la fin du
repas. On se leva; l'aumônier dit les *Grâces*, et
Mme Jeanne, s'adressant aux chevaliers :

— Messeigneurs, dit-elle, ce soir, c'est pénitence, et demain de grand matin, nous devons
être levée pour veiller aux préparatifs d'arrivée
de notre cher fils. Je ne recevrai donc pas.

Elle fit ensuite signe au capitaine châtelain et
le tira à part pour avoir des détails sur l'altercation de Jacques Tissard et de Pierre Maillé,

dont on lui avait parlé un instant avant qu'elle ne se rendît à table.

Après avoir reçu l'assurance que Jacques Tissard n'était pas dangereusement blessé :

— J'irai le voir demain, dit-elle.

Puis, se tournant vers les chevaliers, elle les salua et sortit, suivie de l'aumônier et des dames, qui l'accompagnèrent jusqu'à sa chambre.

Elle y entra avec son aumônier. Les dames se retirèrent. Seules, Mme Catherine et Blanche, en raison de leur intimité, franchirent le seuil. Mais à peine avaient-elles embrassé Mme Jeanne, qu'elles gagnèrent aussi leur appartement.

Il était encore de bonne heure, et, dans les habitudes du château, on ne se séparait pas avant la seizième heure (1).

Mme Jeanne s'entretint longtemps de choses pieuses et de bonnes œuvres avec son aumônier. Quant à Mme Catherine et à Blanche, qui couchaient dans la même chambre, elles causèrent jusqu'à une heure avancée, et leur conversation mérite d'être rapportée ; car elle nous fera connaître un personnage qui bientôt apparaîtra sur la scène.

(1) Dix heures du soir.

La chambre de Mme Catherine était située au troisième étage du donjon, au-dessus justement des parties de voûtes de la chambre de parade qui subsistent encore, et dans l'angle formé par le mur du sud et celui de l'est. On peut très-bien se faire l'idée de cette chambre en se promenant sur les voûtes qui en supportaient le carrelage ; car sa cheminée, attachée au mur du sud, est parfaitement conservée, et il est facile de gagner l'unique fenêtre qui l'éclairait. Cette fenêtre est percée dans le mur de l'est, et jouit d'une vue splendide. C'est la seule de tout le donjon où l'on puisse parvenir de plein pied.

Quand Mme Catherine et Blanche entrèrent dans leur chambre, la lune, alors dans son plein, l'éclairait si bien à travers la fenêtre ouverte, qu'elle faisait pâlir la lampe à deux becs qu'une suivante venait de poser sur la table, partie obligée du mobilier de cette époque.

— Oh ! le magnifique clair de lune ! s'écria Mme Catherine.

Et, s'approchant de la fenêtre, elle s'assit dans l'embrasure, sur le coussin qui recouvrait le banc de pierre encore existant aujourd'hui.

Blanche la suivit. Debout près d'elle, elle admirait en silence le ciel, le paysage, et surtout cette belle rivière du Loir qui coulait argentée au milieu des hautes herbes, et venait baigner le pied du village.

— Que c'est beau! fit-elle ensuite, en poussant un soupir.

Mme Catherine, absorbée dans ses pensées, n'entendit pas et demeura silencieuse, les yeux fixés sur l'horizon, du côté de la colline. Puis, se parlant à elle-même :

— O mon pays, dit-elle, rives sauvages de la Creuse, que ne puis-je vous voir d'ici!... Et toi qui m'as vue naître, toi qui gardes les cendres de ma mère chérie, ô Guéret, capitale du comté de mes pères (1), où es-tu?...

Blanche ne put entendre sans émotion ces paroles de Mme Catherine ; mais, par discrétion, elle eut l'air de n'y point prendre garde.

Après un silence cependant, Mme Catherine, s'adressant à elle :

— Ma petite Blanche, que cette nuit est pure, et combien elle évoque de souvenirs! Je pensais à mon pays, et je me rappelais des vers qui m'ont toujours singulièrement touchée; car ils semblent faits pour moi. Je n'en ai pas perdu une seule rime, depuis vingt-cinq ans que je les entendis chanter. Tenez; jugez vous-même :

> Au beau pays où je suis né,
> J'ai laissé la dépouille chère

(1   Le comté de la Marche.

De ma mère,
Au beau pays où je suis né.
A vivre loin suis condamné ;
Mais mon âme s'en va, légère,
Trouver sa tombe solitaire,
Au beau pays où je suis né.

Au beau pays où je suis né,
Nul ne me garde souvenance ;
Mais je pense
Au beau pays où je suis né.
A vivre loin suis condamné ;
Mais, comme au temps de mon enfance,
Toujours sera mon espérance
Au beau pays où je suis né.

— Oh ! Madame ! s'écria Blanche en essuyant ses larmes, que ces vers sont touchants !

Et après un instant, prenant avec effusion les deux mains de Mme Catherine :

— Si je ne suis pas trop exigeante, Madame, je vous en prie, redites-les encore.

Mme Catherine, sans se faire prier davantage, les recommença lentement et en accentuant chaque parole.

Blanche pleurait, la figure dans ses mains.

— O ma mère, ma mère ! s'écria-t-elle quand Mme Catherine eut fini.

Mme Catherine l'attira doucement sur ses genoux et la couvrit de baisers.

— Oh ! pardon, Madame, dit Blanche, après

un silence interrompu par des sanglots; pardon.
je suis ingrate envers vous et Mme Jeanne ;
ne me tenez-vous pas lieu de mère!

Et, se jetant au cou de Mme Catherine, elle
l'étreignit vivement et la baisa avec effusion.

— Ne me demandez point pardon, ma petite
Blanche. Est-il rien au monde qui puisse faire
oublier une mère?... Hélas! moi qui compte
déjà de si longues années depuis la perte de la
mienne, n'y pensais-je pas tout à l'heure?

Blanche avait essuyé ses yeux, et, jetant de
nouveau ses bras autour du cou de Mme Catherine :

— Que vous êtes bonne, Madame, et que je
vous aime!... Mais de qui sont ces jolis vers? Je
suis sûre qu'ils viennent d'un grand poëte!

— Ils sont d'un enfant qui, comme nous deux
avait perdu sa mère et quitté son pays. Il se
souvenait et pleurait!...

— D'un enfant!

— Oui, ma petite Blanche, d'un jeune page de
Charles VII, à qui je les ai entendu chanter lors
du séjour du roi dans ce château.

— Oh! Madame!...

— Il avait à peine quinze ans. D'une figure
charmante, grand pour son âge, et bien fait, il
captivait tout le monde par la vivacité de son

esprit. Il composait des ballades sur tout, et
dans les cours d'amour, il gagnait tous les suf-
frages. — Ce qui ne l'empêchait pas d'être le
plus adroit aux exercices du corps; car nul ne
lançait le pal ou la hallebarde, ne tirait l'arc ou
l'arbalète, ne maniait un cheval comme lui.

— Et il avait perdu sa mère!...

— Oui, mon enfant. Le Limousin l'avait vu
naître. Il était fils d'un noble chevalier fait prisonnier par les Anglais à la bataille d'Azincourt
et mort en captivité. Sa mère n'avait pu survivre
à la perte d'un époux qui faisait son orgueil, et
le pauvre enfant était resté orphelin.

— Et qu'est-il devenu, Madame?

— Sa vie a été fort agitée. Après avoir été page
du roi, il devint écuyer de Dunois. Fait chevalier après des exploits remarquables, il tomba
entre les mains des Anglais, comme son père;
seulement, plus heureux que lui, il en fut déli-
vré. Il allait guerroyant toujours et faisait parler
de lui, lorsque, dans un tournoi, il eut le malheur
de tuer d'un coup de lance un chevalier qu'il
aimait tendrement. Inconsolable de cette mort,
il résolut de faire le pèlerinage de Jérusalem;
mais depuis les Croisades, ce pèlerinage n'étant
presque plus possible, comme tant d'autres il
se dirigea à pied, le bourdon à la main, vers

Saint-Jacques de Compostelle. A son retour, le roi Louis XI était monté sur le trône. Ne trouvant pas dans ce prince l'accueil qu'il en devait attendre, il s'attacha au comte de Vendôme et ne l'a plus quitté. Il est peu de chevaliers d'une aussi grande valeur et d'un si noble caractère.

— Et fait-il toujours de jolis vers, Madame?

— Je l'ignore; mais vous pourrez le savoir demain; car il doit accompagner le comte Jean, dont il est le grand écuyer.

— Il sera ici demain! fit Blanche avec un accent tout particulier.

Et, fixant ses beaux yeux vers le ciel, elle demeura pensive un instant.

— Ah! mon Dieu, qu'est-ce donc que cela? s'écria-t-elle tout à coup.

Un météore brillant traversait en effet le ciel dans toute son étendue, et allait se perdre dans les marécages qui couvraient alors une partie de la fertile plaine qu'on admire aujourd'hui au pied du château.

— C'est une larme de saint Laurent (1), dit Mme Catherine. Elle est un peu attardée ; mais elle n'est pas moins d'un heureux présage.

---

(1) De nombreuses étoiles filantes étant remarquées le 10 août, jour de saint Laurent, on les considérait alors comme symbolisant les larmes brûlantes que ce saint martyr avait versées.

3.

Comme elle achevait ces paroles, le sonneur de nuit sonna dix-sept coups sur le beffroi (1).

— Oh ! mon enfant, que faisons-nous de veiller si tard ? s'écria Mme Catherine. Ne devrions-nous pas être couchées ?

— La nuit est si belle ! dit Blanche.... Et près de vous, Madame, ajouta-t-elle en enlaçant de ses bras Mme Catherine, près de vous, elle est si douce au cœur !....

— Bien belle, en effet ; mais il faut prendre un peu de repos. Ce n'est pas tout de réciter des vers..

— Oh ! Madame ; lorsqu'ils parlent à l'âme, comme ceux-là, lorsqu'ils réveillent les plus saintes pensées, celles d'une mère et du pays qui vous vit naître ?

— Hélas ! ma pauvre enfant, vous avez raison ; et pourtant cela ne doit pas encore faire oublier l'essentiel. C'est demain la Nativité de Madame la Vierge : nous avons encore à réciter notre rosaire pour nous y préparer.

— Vous avez raison, Madame.

Et Blanche, se levant aussitôt, fut chercher un rosaire d'ébène à gros grains taillés à facettes et incrustés de nacre, qui pendait près du lit de Mme Catherine, au-dessous d'une madone d'albâtre peinte et dorée.

(1) Onze heures du soir.

Toutes deux firent leur signe de croix, et, toujours assise dans l'embrasure de la fenêtre, elles élevèrent leur âme vers Dieu et se mirent à prier alternativement.

Celui qui eût pu les voir ainsi, éclairées par les rayons de la lune, eût cru à une vision céleste et fût demeuré en extase, tant il y avait de foi et de recueillement dans leur prière. Le rosaire fini, elles récitèrent un *De profundis* pour les morts, et, se levant, elles s'embrassèrent.

Puis, chacune fut s'agenouiller sur son prie-Dieu.

Un quart d'heure après, une suivante entrait, et ces deux femmes, toujours silencieuses, et recueillies comme deux saintes, furent chercher dans le lit le repos qui leur était nécessaire.

VI

PIERRE MAILLÉ.

Nous avons laissé Pierre Maillé dans son cachot. Il est temps de revenir vers ce personnage et de savoir ce qu'il devient.

La trappe s'était refermée sur lui, et les portes des corridors voûtés avaient été verrouillées une à une méthodiquement. Entre Pierre Maillé et le reste des hommes, il y avait donc désormais un abîme que nul effort humain ne pouvait combler, que nul cri de détresse ne pouvait franchir. Le prisonnier semblait enseveli dans les profondeurs de l'oubli.

Cette pensée, néanmoins, ne se présenta point d'abord à son esprit ; mais, encore agité par le vin et la colère, lorsqu'il se sentit tout à coup plongé dans une atmosphère épaisse, il lui sembla qu'il étouffait. Suffoqué et croyant que l'air allait manquer à ses poumons, il entra dans un accès de rage furieuse. Il déchira ses vêtements sur sa poitrine, et, poussant des cris étouffés qui ressemblaient à des rugissements, il se mit à s'agiter en tous sens dans les ténèbres, lançant au hasard des coups de pied, des coups de poing et des coups de tête qui venaient résonner sourdement contre les murs de son étroit cachot.

Bientôt, cependant, ses forces s'épuisèrent ; meurtri, ensanglanté, il se laissa glisser le long des parois et s'affaissa tout haletant. Passant alors de cette surexcitation violente à une prostration complète, il resta là, accroupi dans un coin, sans faire le moindre mouvement.

Si, dans cet affreux réduit, quelqu'un avait, en ce moment, pu considérer Pierre Maillé, le Gascon, il eût reculé d'horreur. Sa figure, déjà si hideuse, était tuméfiée par suite du coup de gantelet qu'il avait reçu; ses cheveux roux étaient dans le plus grand désordre et dégouttaient de sang; ses énormes poings, qu'il ramenait sous son menton pour soutenir sa tête, étaient tout déchirés, et de sa poitrine nue s'échappait un râle court et saccadé, qui se terminait par un sifflement bruyant.

Pierre Maillé était depuis plusieurs heures peut-être dans la même position, lorsqu'une soif ardente desséchant son palais, il se décida à étendre les mains autour de lui pour chercher une cruche. Ne trouvant rien, il se souleva, et parcourut en rampant le sol de son cachot, tâtant de tous côtés avec précaution. Quelques tessons d'une cruche rompue furent tout ce qu'il put rencontrer; mais dans un enfoncement peu élevé, ménagé au coin du cachot, sa main découvrit un peu de paille humide. C'était le lit du prisonnier : il s'étendit dessus.

Combien de temps s'était-il écoulé depuis que Pierre Maillé était couché sur la paille, lorsque s'ouvrirent les portes des corridors? Nul ne le sait. Bientôt la trappe elle-même fut soulevée, et par le trou profond de la voûte, la faible lueur d'une lampe pénétra dans le centre du cachot. Le prisonnier s'entendit appeler par son nom, et, se soulevant, il vit descendre au bout d'une corde à crochet, une cruche d'eau et un morceau de pain noir.

Il se précipita sur la cruche, la porta à ses lèvres avec avidité, et but à longs traits. Lorsqu'il voulut respirer, et qu'il jeta les yeux autour de lui, la corde et la lumière, tout avait disparu ; la trappe et les portes s'étaient refermées.

Saisissant de nouveau la cruche, il la porta encore à ses lèvres, et se sentit renaître. Il prit alors à tâtons le morceau de pain noir, le rompit et en broya quelques bouchées ; mais il ne put continuer, tant le gênait l'enflure de ses lèvres et de sa figure.

Néanmoins le peu qu'il avait avalé avait suffi pour rendre à Pierre Maillé la lucidité de son esprit. Il se prit donc à considérer sa position. Elle était grave, et il pouvait très-bien se faire que, sur la décision du capitaine châtelain et de ses officiers, il fût pendu dès l'aurore. Dans ce cas, il n'y avait rien à faire. Mais il pensa qu'en un jour comme celui de la Nativité, on ne voudrait point donner le spectacle d'une pareille exécution. Puis, le comte de Vendôme allait faire son entrée dans le château de Lavardin ; n'était-il pas probable que le capitaine châtelain attendrait son arrivée pour lui soumettre cette affaire ?

Or, dans la pensée de Pierre Maillé, surseoir à son exécution, c'était ouvrir les portes de son cachot. Avec le comte de Vendôme devait arriver, en effet, ce chevalier qui avait fait enrôler le Gascon, il et avait quelques raisons de compter sur sa protection la plus active. Pierre Maillé, à jeun, était d'ailleurs, nous l'avons dit, flatteur, insinuant et habile à ourdir une trame; pour peu qu'on voulût bien l'écouter, il ne désespérait pas, à force d'hypocrisie, d'exciter un vif intérêt et de se faire tout pardonner. Plein de confiance, il résolut donc de ne reculer devant aucune marque de repentir et de tout faire pour sortir, si l'occasion s'en présentait, du mauvais pas où il était tombé.

Le Gascon était depuis longtemps déjà plongé dans ses réflexions, lorsqu'il crut entendre grincer les verrous des corridors qui conduisaient à son cachot. Il prêta l'oreille, et bientôt il entendit la trappe elle-même se soulever. Bien qu'il ne pût se rendre exactement compte de la durée du temps, il lui semblait impossible d'admettre que vingt-quatre heures se fussent écoulées depuis qu'on lui avait fait passer du pain et de l'eau. Il pensa donc que c'était fait de lui, et cette idée se confirma lorsqu'il vit descendre dans son cachot un moine tenant d'une main une lampe et de l'autre un crucifix.

Tout autre que Pierre Maillé eût senti son
sang refluer vers le cœur; mais un bandit de
cette trempe, à cette époque surtout, ne trem-
blait guère devant la mort. Si Pierre Maillé
éprouva un instant d'émotion, il fut si court qu'à
peine il dut le remarquer lui-même. Ce qui le
préoccupa, ce fut une dernière partie à jouer, et,
mettant aussitôt ses projets à exécution :

— Je vous attendais, mon père, s'écria-t-il en
se jetant hypocritement aux pieds du moine. La
pensée du crime horrible que j'ai commis me
déchire le cœur, et le remords m'accable. Ce ne
sera pas trop de la mort pour expier un pareil
forfait; mais que du moins cette mort ne soit pas
celle d'un idolâtre. Mon père, au nom du Christ,
pardonnez-moi!...

Le moine fut singulièrement surpris de ce discours. Il s'attendait à trouver une conscience
rebelle et non à venir prêcher un converti. Il prit
les deux mains de Pierre Maillé, et, d'une voix
émue :

— Relevez-vous, mon frère, lui dit-il, et soyez
plein de confiance. Dieu pardonne toujours au
cœur repentant.

— Ah! mon père, mon crime est si grand! La
mort et une mort cruelle peut seule me le faire
expier. Je l'appelle, je la désire; mais votre absolution, mon père, votre absolution!...

Et Pierre Maillé ne cessait d'embrasser les pieds du moine, qui, essayant encore de le relever :

— Ayez confiance, vous dis-je, mon frère ; il n'est point question de mort, et votre repentir...

— Il n'est point question de mort? Oh! la bonté de Dieu serait trop grande!... Non; la mort seule peut effacer mes forfaits...

— Votre douleur vous égare, mon frère : il n'est pas de limites à la bonté de Dieu. Ne nous a-t-il pas donné son Fils? N'a-t-il pas voulu qu'il mourût pour nous sur la croix ?... Considérez ce gage de la miséricorde infinie...

Et, parlant ainsi, le moine présentait le crucifix à Pierre Maillé. Mais celui-ci, malgré son hypocrisie, reculait devant ce signe sacré qu'il n'osait profaner de son souffle, moins encore de son toucher, et c'était autant pour l'éviter que pour faire croire à son repentir, qu'il restait prosterné à terre, ne cessant de crier que la mort et la mort seule devait être sa récompense.

Le bon moine essaya de tous les arguments pour tempérer ces sentiments exagérés. Il apprit à Pierre Maillé qu'il était l'aumônier de Mme Jeanne, et que c'était Mme Jeanne elle-même qui avait obtenu du capitaine châtelain la permission de faire ouvrir le cachot pour y por-

ter des paroles de miséricorde. Il lui dit que la
blessure de Jacques Tissard était sans gravité;
que Mme Jeanne était allée s'en assurer dès le
matin, et que tout pouvait s'arranger.

Pierre Maillé n'en demandait pas davantage.
Il vit qu'il était sauvé; mais il se garda bien
d'avoir l'air de le croire, et continua de protester qu'il méritait tous les supplices.

— Mon ami, lui dit enfin le moine, que feriez-
vous si votre grâce était demandée au comte
Jean, en l'honneur de son entrée à Lavardin et
de la Nativité de Notre-Dame la Vierge?

— Je jurerais sur mon salut éternel, dit-il, d'être
toujours fidèle au comte Jean et à Notre-Dame.

Et recommençant ses doléances, il protesta
de nouveau qu'il n'était pas digne d'une si grande
grâce, suppliant le moine d'entendre sa confession. Mais l'aumônier de Mme Jeanne s'y refusa, ne le trouvant pas assez calme pour accom-
plir un acte aussi sérieux. Il s'enquit seulement
des causes qui avaient pu porter le Gascon à
frapper Jacques Tissard; et le Gascon ne manqua pas de se rabattre adroitement sur l'effet
qu'avait produit sur lui, après un travail long et
pénible, un petit broc de vin tombé *par hasard*
sous sa main; car il n'avait garde de compro-
mettre le sommelier, et il sut inventer un conte

parfaitement plausible pour le mettre hors de
cause.

Le moine fit quelques remontrances à Pierre
Maillé; mais il s'attacha surtout à le consoler et
à relever ses espérances. Dirigeant ensuite la
voix vers l'ouverture du cachot, il fit entendre
un cri. Les hommes qui l'avaient descendu
s'empressèrent de tirer la corde qu'on avait passée sous ses bras pour le descendre, et, en un
clin d'œil, il fut enlevé du cachot, laissant encore
la face contre terre, Pierre Maillé, dont il n'a-
vait pu voir un seul instant la figure.

Le cachot se referma, ainsi que les portes des
corridors, et l'aumônier fut rendre compte de sa
mission à Mme Jeanne de Laval.

VII

L'ARRIVÉE DU COMTE JEAN.

Le sonneur venait de frapper la deuxième
heure (1), et l'on redoublait d'activité dans le
château pour se préparer à l'arrivée du comte
Jean, lorsque le guetteur, placé dans cette tour
qui subsiste encore au nord du donjon, signala
un chevaucheur qui se dirigeait à toute bride sur

(1) Huit heures du matin.

Lavardin. Les sentinelles se répondirent aussi
tôt sur tous les points de la forteresse, et le
guet de la grande porte se tint prêt à reconnaître.

En un instant, le chevaucheur eut traversé le
village et monté la côte escarpée qui conduit
au château. S'arrêtant alors devant la tête de
pont, il prit à sa ceinture un petit cor d'ivoire
pareil à ceux que les paladins portaient autrefois
sous le nom d'olifants (1) pour défier l'ennemi, et
il en sonna trois fois.

Le guet fit son devoir, et les ponts-levis s'abaissèrent.

Sans descendre de cheval, le chevaucheur,
s'adressant au capitaine châtelain, qui était venu
à sa rencontre, lui fit connaître que sa très-haute
seigneurie Monseigneur le comte de Vendôme
était près d'arriver, et il s'enquit si tout était
disposé pour le recevoir. Sur la réponse affirmative du capitaine, le chevaucheur tourna bride
et repartit au galop.

Aussitôt après son départ, le capitaine, qui,
dès la pointe du jour, avait passé la revue de ses
hommes et visité le château, parcourut tous les
postes avec son lieutenant (2), s'assurant une

(1) D'olifant est venu éléphant.
(2) La création de ce grade date de 1444.

dernière fois que tout était en règle. Sa ronde était à peine terminée, que le guetteur signala le cortège du comte Jean.

A sa voix, tout le château fut en mouvement. A l'exception de la garnison consignée dans ses logements, et des cuisiniers, qui, dans leurs cuisines, étaient isolés de tout, chacun se porta aux fenêtres pour voir le cortège. Mme Catherine et Blanche ne furent point des dernières, et Mme Jeanne elle-même, qui procédait à sa toilette entre les mains de ses suivantes, eut si grande hâte de voir son fils bien-aimé, que, jetant une houppelande de soie sur ses épaules, elle courut dans la chambre du nord et se précipita vers la fenêtre, d'où l'on découvrait tout le pays.

Le cortège, cependant, venait à peine de quitter la ville des Roches, située en face de Lavardin, de l'autre côté de la plaine. Il s'y était arrêté pour recevoir les honneurs de la garnison, pendant que le chevaucheur portait sa dépêche; et maintenant, il s'avançait au pas, suivant la route qui subsiste encore aujourd'hui de la Pointe au pont de Lavardin, en travers de la plaine du Loir.

C'était un coup d'œil admirable à voir que cette longue suite de seigneurs, de dames, de chevaliers, d'escuyers, de pages, de varlets et de damoiseaux. Ils étaient précédés et suivis de cent hommes d'armes dévoués, que le comte Jean n'amenait pas seulement pour l'accompagner, mais pour renforcer la garnison de Lavardin.

Tout le monde était à cheval, sauf Mme Isabelle de Beauveau, femme du comte Jean, qui, s'étant trouvée souffrante la veille, avait redouté les fatigues du voyage. Elle était couchée dans une litière richement ornée, dont les brancards, devant et derrière, reposaient sur deux vigoureux chevaux houssés, que des hommes conduisaient par la bride. Son jeune fils, âgé de deux ans seulement, était à côté d'elle.

On ne se lassait point, dans le château, de suivre des yeux le cortège à travers la plaine. Cependant, comme il se rapprochait de plus en plus, les fenêtres devinrent désertes et chacun courut se préparer.

De son côté, quand il ne fut plus qu'à une petite distance, le comte Jean s'arrêta. Les hommes d'armes qui le précédaient continuèrent seuls à s'avancer pour éclairer la route. Mme Isabelle de Beauveau descendit de sa litière, monta la haquenée caparaçonnée qui la suivait, conduite par un escuyer, et, l'ordre du cortège parfaitement réglé, on se remit en marche.

Quelques minutes étaient à peine écoulées

qu'on touchait aux premières maisons du village,
faisant suite au pont, et qui gardaient encore,
il y a peu d'années, l'aspect d'autrefois.

Le curé de Lavardin, accompagné de son vicaire, et précédé de la croix et de la bannière
paroissiale, était venu processionnellement, avec
les échevins, recevoir sous le dais le comte et
la comtesse de Vendôme. Ceux-ci mirent pied à
terre. Le curé leur adressa un discours, auquel
le comte Jean répondit par quelques paroles
courtoises. Puis, ce fut le tour des échevins, qui
protestèrent de leur dévouement. De jeunes filles
s'avancèrent ensuite vers Mme Isabelle de Beauveau, lui chantèrent des vers analogues à la
circonstance, et lui offrirent des fleurs et des
fruits.

Ce premier cérémonial accompli, le cortége
reprit sa marche à travers la rue, tendue de
guirlandes de verdure et jonchée de joncs, de
roseaux et de fleurs. Le peuple, qui connaissait
peu le comte Jean, mais qui aimait et vénérait
la comtesse douairière, était dans l'enthousiasme ; il criait : « Noël », et jetait en l'air des fleurs
effeuillées. Quelques hommes saisissaient au
passage les grandes manches du comte et les
baisaient avec respect.

A l'entrée de la rue qui conduisait vers la

baille ou cour inférieure du château, dans laquelle était bâti le prieuré de Saint-Martin, les moines attendaient sous un portique de verdure, et présentèrent au comte les clés du monastère en signe d'hommage. Le prieur, en quelques paroles, rappela ensuite que le couvent avait été fondé, au xıe siècle, par Salomon de Lavardin et sa femme Adèle, et il énuméra tous les bienfaits dont les comtes de Vendôme l'avaient comblé.

Le comte répondit que, comme son père et ses aïeux, il ne cesserait d'être dévoué aux moines de Saint-Martin, et, pour leur donner la preuve de l'estime qu'il faisait d'eux, il ajouta qu'il les choisissait pour ses aumôniers.

Le cortège, continuant sa marche, fut bientôt rendu devant l'église paroissiale, la même qui existe encore et qui remonte au xıe siècle. Le dais s'arrêta sous le porche. Le comte entra dans l'église avec ses chevaliers, tous s'agenouillèrent d'abord; puis le curé présenta, selon l'usage, le vin d'honneur au comte Jean. Mais, comme il devait communier à la messe en l'honneur de la Nativité, il refusa d'en boire. Son dépensier (1) remit au curé une somme d'argent pour l'église, et, la cérémonie terminée, on partit pour le château.

(1) *Dispensator*, trésorier, intendant.

Les hommes d'armes qui précédaient le cortège étaient déjà arrivés à la tête de pont, ils avaient été reconnus par le guet et s'étaient rangés de manière à fermer la voie au-delà des ponts-levis, qui avaient été abaissés.

Dès que le comte de Vendôme fut engagé sur la route, un guetteur le signala. Aussitôt les sentinelles se répondirent de tous côtés, la grande bannière armoriée fut hissée au haut du donjon, et des pennons, sorte de petits drapeaux dont l'étoffe était prolongée en deux pointes, furent placés sur toutes les tours. En même temps, les canons du donjon firent retentir les échos, et le beffroi sur lequel le sonneur venait de frapper la troisième heure, remplit les airs de sons prolongés.

A l'entrée du pont dormant qui précédait le pont-levis, le capitaine châtelain, armé de pied en cap, attendait le comte de Vendôme, avec son lieutenant, les trente chevaliers de la garnison, les escuyers, et cinquante hommes d'armes qui formaient la haie. Le capitaine présenta les clés sur un coussin de velours brodé d'or. Le comte les reçut, et le cortége entra solennellement.

Deux hérauts (1), couverts de riches cottes

(1) De l'allemand *héralt,* noble crieur.

4

d'armes, ouvraient la marche, sonnant dans des trompettes auxquelles étaient appendus des morceaux d'étoffe en manière de fanons, garnis de franges d'or et armoriés.

Le comte de Vendôme venait ensuite. Il était vêtu d'une jaque ou jaquette de velours bleu, froncée du corsage et de la jupe, semée de fleurs de lis d'or, avec la bande de gueules chargée de trois lionceaux d'argent, qui était des armes de Bourbon-Vendôme. Les manches de cette jaque étaient larges, fendues jusque sous les bras, fort longues et doublées de fourrure. Sous sa jaque, le comte portait un gippon ou gilet rond, à manches, sur lequel venaient s'attacher, au moyen d'aiguillettes d'or, des chausses d'une seule pièce. Les manches de ce gippon étaient soulevées sur les épaules, par des mahoitres, sorte de carcasses gonflées, destinées à faire paraître la carrure plus large. Enfin le comte de Vendôme était coiffé d'un chapeau de castor noir, sur les bords duquel était cousue une *touaille* ou pièce d'étoffe volante, bizarrement découpée, qui se rabattait sur la forme, en souvenir des anciens chaperons complètement démodés. Ses pieds étaient chaussés de *houseaux* ou bottes collantes fort longues, fort pointues du bout, et garnies de longs éperons.

A côté du comte de Vendôme se tenait Mme Isabelle de Beauveau, dame de Champigni et de la Roche-sur-Yon, son épouse. Elle portait un corset bleu, un surcot court, bordé de fourrure et arrêté dans le bas par une large ceinture d'or. Sa cotte ou jupe était fort longue, d'une magnifique étoffe de soie grise brodée d'or, et garnie de fourrure dans le bas. Sur la tête, elle avait une coiffure bourguignonne très-élevée, garnie de pièces de gaze qui s'étageaient bizarrement, de telle sorte que les pentes formaient sur les côtés le champ d'un drapeau; ce qui avait fait donner à cette coiffure le nom de *couvre-chef à bannière.*

Le comte et la comtesse portaient, selon l'usage, l'oiseau sur le poing.

Derrière le comte venait son grand escuyer, ancien page de Charles VII, et dont nous avons entendu conter l'histoire par Mme Catherine. C'était un homme de quarante ans, mais bien conservé et d'une belle figure. Il était armé de pleins harnois (1), et portait sur son armure un *tabard,* espèce de dalmatique en broderies d'or. Sur le *tabard* se dessinait un baudrier de velours bleu, destiné à soutenir l'épée d'apparat du

(1) Armé de toutes pièces. On donnait le nom de *harnois* (harnais) à l'armure complète que les chevaliers avaient seuls droit de porter.

comte, que, pour le moment, le grand escuyer tenait de la main gauche, par le milieu de la lame, ainsi que c'était l'usage dans les occasions solennelles. Le grand escuyer était coiffé d'un bonnet de velours noir assez élevé. On pouvait remarquer parmi les pièces de son harnois, la forme bombée des gardes appliquées sur les épaules. C'était une mode italienne, qui devint générale dans toute la France et qui caractérise l'époque de Louis XI. Elle était, pour l'armure, ce qu'étaient, pour l'habit civil, les *mahoitres*, dont nous avons parlé plus haut.

A côté du grand escuyer se tenait le dépensier, homme d'un certain âge, vêtu encore d'une *houppelande* (1) de soie doublée de velours. C'était une sorte de redingote, ou mieux, de robe de chambre ajustée au corsage et serrée à la taille par une ceinture. Un collet droit et montant la tenait assujettie au cou. La jupe s'ouvrait par devant et variait de longueur ; mais, dans tous les cas, les manches traînaient jusqu'à terre. Ce vêtement, qui avait fait fureur sous le règne de Charles VI, n'était presque plus porté que dans

---

(1) On a beaucoup disserté sur l'étymologie de ce mot *houppelande*. Il paraîtrait qu'avant nous, les Italiens se servaient d'un vêtement à peu près semblable qu'ils nommaient *pelando*. Pour les Provençaux, intermédiaire oblignés entre les Italiens et les Français, *il pelando* était *lou peland*. De là *houppelande*. Cette étymologie nous paraît la plus naturelle.

le cérémonial, et par quelques hommes âgés.
Avec la houppelande, le dépensier portait le
bonnet de velours. Une riche aumônière sarra-
zinoise pendait à sa ceinture.

Derrière le grand escuyer et le dépensier venaient les deux escuyers ordinaires, richement
armés, et portant le *tabard* brodé; puis, les
dames d'honneur de Mme Isabelle de Beauveau,
diversement vêtues; — car les modes étaient variées au moins autant alors qu'aujourd'hui. — Elles
étaient aussi diversement coiffées : les unes portant ces hautes coiffures bourguignonnes dont le
couvre-chef à bannière était une des variantes;
les autres, les coiffes à la française, qui s'étaient
exhaussées pour soutenir la concurrence avec
plus de succès.

Derrière les dames d'honneur marchaient les
chevaliers tous revêtus de leur armes : les uns
portaient le *tabard*, d'autres la *huque*, espèce
de blouse courte, sans ceinture et sans manches,
qui servait de cottes d'armes. Puis venaient les
escuyers, et, après eux, les pages, les varlets et
les damoiseaux en jaques variées, portant tous
des *mahoitres*, coiffés de chapeaux de feutre de
couleur, diversement ornés, et chaussés de
souliers fort longs et fort pointus.

Venaient enfin des piqueurs, avec des meutes

4.

de lévriers et de chiens de diverses espèces, et quelques fauconniers.

Le cortége était fermé par les hommes d'armes, auxquels se joignirent, après le défilé, ceux qui, arrivés les premiers, avaient formé la haie en travers du chemin, pour le passage du comte de Vendôme.

A peine le dernier homme d'armes avait-il franchi la porte du château, que le pont-levis se releva. Dans l'intérieur, le cortège se divisa. Les hommes d'armes furent se ranger en bataille dans l'espace découvert compris entre la seconde et la troisième enceinte. C'était ce qu'on appelait la cour. Les piqueurs et fauconniers se dirigèrent aussi du même côté; car c'était dans la cour que se trouvaient toujours les principales dépendances des châteaux.

Quant au gros du cortège, il mit pied à terre devant la porte de la troisième enceinte. Puis le comte et Mme de Beauveau, suivis des chevaliers, escuyers, dames d'honneur, pages, varlets et damoiseaux, franchirent cette porte et se dirigèrent vers la salle des gardes qui précédait le grand escalier d'honneur, au pied duquel Mme Jeanne de Laval, comtesse douairière de Vendôme, les attendait, avec Mme Catherine, Blanche et toute sa suite.

VIII

LE FILS ET LA MÈRE.

Il serait impossible de peindre les sentiments divers qui agitaient le cœur de la vénérable comtesse douairière de Vendôme, en ce moment solennel. L'inimitié de Louis XI, qui ramenait son fils près d'elle, lui causait une tristesse dont tous ses efforts avaient peine à triompher; mais, en même temps, la pensée de revoir ce fils au cœur noble, à l'âme élevée, la remplissait de bonheur.

Mme Jeanne de Laval, après la mort de Louis Ier de Bourbon, son mari, en 1446, s'était retirée dans le château de Lavardin, et ne l'avait plus quitté. Elle avait gardé dix ans le deuil le plus rigoureux ; mais elle ne s'était jamais astreinte à le garder toute sa vie, ce qui n'était une obligation que pour les princesses royales. Nous ne serons donc pas étonnés de la voir, après vingt ans de veuvage, revêtir en l'honneur de l'arrivée du comte Jean, son costume de grand apparat.

Ce costume était le costume traditionnel avec cotte, surcot et corset, qu'avait imaginé le goût des dames du temps de Charles V, et qui se

conserva jusqu'à la Renaissance (1). Les dames
de qualité le portaient seules, et elles ne le met-
taient que dans les circonstances exceptionnelles,
notamment pour la cérémonie de leur mariage.
Des documents constatent que les dames qui n a-
vaient pas le moyen d'en posséder un, en louaient
aux fripiers.

Ce n'était pas le cas de la comtesse douairière
de Vendôme, et son costume, qui avait été fait
à l'occasion de son mariage, était d'une grande
magnificence. Le corset était d'une étoffe d'argent brochée de soie et garni d'une broderie de
perles; le surcot, de velours écarlate rouge,
comme on disait alors, et fourré; la cotte, partie
des armes de Bourbon-Vendôme que nous connaissons, et de celles de Montmorency-Laval,
qui étaient d'or, semées d'alérions d'azur, à la
croix de gueules chargée de cinq coquilles d'argent. Avec cela la comtesse douairière était
coiffée du *hénin* (2), grande coiffure pointue en
forme de clocher, qui, avec quelques accessoires

---

(1) On le trouve sur presque tous les tombeaux du xvᵉ siècle. Cette circonstance a trompé la plupart des artistes modernes, qui ont cru pouvoir en revêtir dans les circonstances ordinaires de la vie, les femmes du temps de Charles VI, de Charles VII et de Louis XI, comme si la mode, aussi changeante
alors qu'aujourd'hui, fût restée cent ans stationnaire.
(2) Les miniatures du temps nous donnent les diverses formes
de coiffures; mais les antiquaires sont fort embarrassés pour
appliquer exactement à ces coiffures les noms qu'on retrouve
dans les auteurs du moyen âge. Nous suivons l'opinion la plus
probable.

variés, est restée la coiffure dominante en France pendant fort longtemps. Le *hénin* de Mme Jeanne de Laval était de soie verte brodée de paillettes d'or. De son extrémité s'échappait une large écharpe de gaze blanche, qui pendait jusqu'aux talons.

A côté de la comtesse douairière de Vendôme, Mme Catherine et Blanche n'avaient dans leur ajustement rien qui les fît remarquer. Seulement, Blanche, au lieu de porter la coiffure très-haute, avait un *atour* (1) de soie rose brochée de blanc, se divisant en deux cornes, qui lui donnaient une ressemblance frappante avec la mitre des grands prêtres hébreux. Ses cheveux, au lieu d'être, comme avec les autres coiffures, retroussés et tendus à l'excès, pour montrer *un front dégagé et poli*, descendaient légèrement sur les tempes et accompagnaient sa figure, ce qui lui allait à merveille. Elle ne portait point d'or. La coutume ne le permettait pas aux jeunes filles qui n'étaient pas encore en possession de leurs fiefs.

Telles étaient ces dames, qui attendaient avec des dames d'honneur richement parées, l'arrivée du comte Jean.

(1) Ce mot désignait d'une manière générale les coiffures portées par les femmes en toilette

Elle ne se fit pas attendre, et bientôt un huissier (1) annonça son entrée.

Mme Jeanne tressaillit et en devint toute pâle. Quant au comte, dans son empressement, laissant le cortège en arrière, il traversa d'un pas rapide la salle des gardes :

— Madame ma mère! s'écria-t-il, en approchant de Mme Jeanne.

Il n'en put dire davantage, tant il était ému, et se précipita dans les bras de la comtesse douairière.

Ce fut un moment de joie indicible entre la mère et le fils, et tous les assistants en furent attendris.

Puis, Mme Isabelle de Beauveau vint aussi se jeter dans les bras de sa belle-mère.

Cela fait, les diverses personnes composant le cortège du comte Jean, saluèrent successivement la comtesse douairière, et le comte les lui présenta.

Le premier qui s'avança fut le grand écuyer. Blanche, qui se souvenait des jolis vers de la veille, le cherchait des yeux, ne sachant quelle place il devait occuper dans ce cérémonial nouveau pour elle. Mme Catherine se

---

(1) Huissier vient du vieux mot français *huis*, porte. Les huissiers, gardiens d'un *huis*, se tenaient dans les antichambres pour annoncer.

chargea de fixer ses incertitudes. Dès qu elle vit le grand escuyer s'avancer :

— Voilà l'ancien page de Charles VII, dit-elle.

La jeune fille rougit légèrement, et n'osa regarder.

Cependant, lorsque le grand escuyer fut se ranger du côté du comte, elle jeta un coup d'œil sur lui. La figure du chevalier limousin était pâle et mélancolique. Elle rappela à Blanche le malheur qu'il avait eu de tuer son meilleur ami, malheur dont il ne s'était jamais consolé.

Quand arriva le tour des chevaliers d'être présentés, un **des** premiers qui vint saluer Mme Jeanne, fut un homme d'une trentaine d'années, de haute taille, et dont la figure parfaitement régulière, aurait pu passer pour belle, si elle n'avait eu je ne sais quelle expression vulgaire et basse. C'était le sire d'Aurignac, celui-là même qui avait fait enrôler Pierre Maillé.

Il s'avança fièrement, en faisant résonner les longs éperons de ses houseaux (1). Mme Catherine crut démêler dans sa tournure quelque chose du sire de Cosson, son ancien fiancé, et elle le fit remarquer à Blanche. Ce mouvement

(1) Nous avons déjà vu que les *houseaux* étaient des bottes molles et collantes.

n'échappa point au sire d'Aurignac, qui, après
avoir salué Mme Jeanne, porta ses regards
scrutateurs vers les deux femmes qui s'étaient
occupées de lui. La figure de Blanche le frappa,
et pendant tout le temps que durèrent encore les
présentations, il eut les yeux sur elle avec une
persistance qui aurait pu passer pour de l'effron-
terie ; mais la jeune fille ne s'en aperçut point.

Enfin, tout le cortège du comte Jean ayant
salué la comtesse douairière, le comte donna le
signal, et l'on se dirigea vers la chapelle gothique dont on voit les restes encore couverts de
fragments de peintures, au pied du mur de la
troisième enceinte, et à son extrémité, du côté
du nord.

L'aumônier de Mme Jeanne attendait dans la
chapelle. Il offrit l'eau bénite, et aussitôt on entonna le *Te Deum*. Puis, la messe commença.

Rien ne peut plus nous donner une idée aujourd'hui de ce qu'étaient dans le moyen âge de
pareilles cérémonies un jour de grande fête. Si
nous nous représentons assez bien l'orgueil quelquefois sans limites de ces hommes à la trempe
de fer, dont l'habitude de l'absolutisme et la ri-
valité des ambitions exaltaient sans cesse la per-
sonnalité, nous nous représentons difficilement
leur humilité devant Dieu. Ce contraste paraît

même inadmissible; et cependant il existait.
Quelles que fussent les erreurs blâmables des
puissants de ces anciens âges, dès qu'ils étaient
au pied de l'autel, ils ne voyaient plus qu'un
Dieu souverain maître et seigneur, et leur humilité devenait aussi grande que leur foi était
sans limites.

En ce jour de la Nativité, de l'an 1472, dans
la chapelle du château de Lavardin, quand vint
le moment de la communion, le comte de Vendôme la reçut avec la comtesse sa femme, la
comtesse douairière sa mère, Mme Catherine
et Blanche; et après lui, vinrent la recevoir
toutes les dames, tous les chevaliers revêtus de
leurs armures, tous les escuyers, tous les pages, tous les varlets et damoiseaux, dont le
nombre était si grand qu'ils n'avaient pu tenir
tous dans la chapelle, et que plusieurs étaient
restés dehors, sans rien perdre pour cela de
leur recueillement.

Un pareil spectacle nous remplirait aujour-
d'hui d'admiration et d'attendrissement. Il était
alors tout naturel, et personne n'y prit garde.
Car, au xve siècle, on était musulman, juif ou
chrétien; mais on était quelque chose. L'in-
différence en matière religieuse, cette plaie
de notre époque, n'eût pas même été comprise,
tant il y avait de vie dans les âmes.

5

Dès que la messe fut terminée, le comte de Vendôme quitta la chapelle et descendit dans la cour
du château pour passer la revue de la garnison. Le capitaine châtelain l'accompagnait, et
tout le cortège suivait, sauf Mme Jeanne,
Mme de Beauveau, Mme Catherine et Blanche,
qui, avec toutes les dames d'honneur, se portèrent sur le chemin de ronde de la troisième enceinte pour jouir de ce spectacle.

Le nombre des hommes d'armes était de huit
cents, non compris ceux que le comte avait ame-
nés avec lui. Il y avait deux cents archers vêtus
de jaques de vingt-cinq à trente toiles d'épaisseur (1) avec un cuir de cerf, et coiffés de salades ou casques sans cimier et sans panaches. Ils
étaient armés d'un arc et d'une épée attachée
haut par une ceinture, afin qu'elle ne touchât
point à terre. Il y avait deux cents arbalétriers
vêtus comme les archers; seulement la visière
de leurs salades laissait plus de champ à vue,
et le côté droit n'arrivait pas si bas à la joue
que le côté gauche, afin qu'ils pussent asseoir
leur *arbrier* (2) plus à l'aise. Il y avait cent lansquenets, mercenaires allemands, dont la poi-

---

(1) C'étaient des toiles superposées l'une à l'autre, et pi-
quées. Dans un règlement des Francs-Archers, fait par Louis XI
lui-même, il est dit que *les toiles claires et à demi usées sont
les meilleures.* Il est dit aussi qu'on *ne vit jamais tuer personne à coup de main ni de flèche dedans une pareille jaque.*
(2) Le bois de l'arbalète qui s'épaulait comme nos fusils.

trine était couverte du *hallecret*, cuirasse faite
de lames mobiles à recouvrement. Ces hommes
maniaient le mousquet si lourd et si imparfait
qu'on appelait *hacquebute*, d'où est venu *arque-
buse*. Il y avait enfin deux cent cinquante hommes destinés à manœuvrer les engins, vingt
engigneurs pour les diriger, et trente hommes
pour la manœuvre des canons.

Tout cela fut successivement passé en revue,
les machines et les canons visités avec soin; et
partout le comte n'eut que des compliments à
adresser au capitaine châtelain.

Le cortège du comte de Vendôme s'était vivement intéressé à cette revue; mais le sire d'Aurignac avait semblé y prendre un intérêt plus
particulier encore. Il avait examiné un à un tous
les hommes d'armes avec la plus grande attention, et n'avait pas trouvé celui qu'il cherchait.

Lorsque la revue fut terminée, il parut en
proie à une véritable anxiété. Qu'était, en effet,
devenu Pierre Maillé, son protégé? Il dissimula
cependant, et lorsque le comte de Vendôme eut
visité les salles d'armes et les magasins, ce fut
le capitaine châtelain qui donna le mot de
l'énigme.

Le comte était si heureux, en effet, de la bonne
tenue de la forteresse, qu'il déclara faire remise

de toutes les punitions encourues par la garnison.

— Monseigneur, lui dit alors le capitaine, nous n'avons que deux hommes en prison pour de légères infractions à la discipline; mais dans le cachot, au pied du donjon, se trouve le dernier enrôlé que Votre Seigneurie m'a adressé. C'est un aventurier capable de tout, et qui a pensé tuer hier d'un coup de couteau, votre meilleur soldat. Je pense bien, ajouta-t-il avec sa brusque franchise militaire, que cette grâce ne le regarde point.

Le comte s'enquit des motifs qui avaient pu porter Pierre Maillé à un pareil acte, et cheminant toujours, pendant que le capitaine lui donnait des explications, il arriva dans la salle des gardes, où la comtesse douairière, sa mère, et les autres dames l'attendaient avec l'aumônier, qui était venu les joindre. Dès que Mme Jeanne eut entendu la conversation, elle s'approcha du comte :

— Par l'amour que vous me portez, mon bienaimé fils, lui dit-elle, je vous demande la grâce de cet homme. Il a été bien coupable; mais son repentir est si grand qu'il en paraît inconsolable. Mon aumônier que voici l'a été voir ce matin, et s'en est revenu tout édifié.

Et comme le comte semblait hésiter :

— C'est aujourd'hui la Nativité, ajouta Mme Jeanne; le ciel est en fête pour celle qui nous a valu notre pardon. Il nous invite à la miséricorde.

— Je n'ai rien à vous refuser en ce jour, Madame ma mère, dit enfin le comte.

Mme Jeanne poursuivit :

— Il a juré que, sa grâce échéant, il serait toujours fidèle au comte de Vendôme et à Notre-Dame.

— Qu'on me l'amène ici, fit le comte en s'adressant au capitaine.

Celui-ci sortit. Le comte Jean, se tournant alors vers le chevalier d'Aurignac, qui était remis de son trouble :

— Messire, lui dit-il, vos protégés ne sont pas hommes sur lesquels on puisse toujours compter.

Le chevalier essaya de balbutier des excuses dont le comte, après quelques observations, voulut bien se contenter.

Sur ces entrefaites entra Pierre Maillé, accompagné de deux archers.

XI

LE SIRE D'AURIGNAC

La figure de Maillé était hideuse et le désordre dè sa personne la mettait si bien en relief, qu'en le voyant paraître, malgré la réserve qu'inspirait la présence du comte, ce ne fut qu'un murmure d'horreur.

Pierre Maillé comprit parfaitement ce que signifiaient les sourdes exclamations qui accueillaient sa présence. Il sentit la rage lui monter au cœur ; mais il dissimula, et, se hâtant de traverser la salle des gardes pour se soustraire aux regards, il se précipita aux pieds du comte avec mille témoignages de reconnaissance et mille protestations hypocrites.

Le comte le fit relever par les archers, et, s'adressant à lui d'un ton contenu, mais sévère :

— C'est à la prière de madame ma mère et en l'honneur de ce beau jour de la Nativité, que, sans vous avoir vu, je vous ai accordé votre grâce ; mais les rapports que m'a fait de vous mon capitaine châtelain, sont bien loin d'être à votre avantage. Tenez pour certain qu'à la première infraction, vous serez pendu.

— Monseigneur, s'écria le sire d'Aurignac, c'est à moi que vous devez cette triste acquisition, et je ne peux rester indifférent à ce qui se passe. Si Votre Seigneurie a fait une large part à la miséricorde, qu'elle daigne au moins faire une petite part à la justice. Je réclame que le coupable soit gardé quelques jours dans le cachot d'où on vient de le tirer.

A cette parole du sire d'Aurignac, Pierre Maillé se retourna brusquement, comme s'il avait été mordu par un reptile, et, faisant effort pour soulever ses épaisses paupières, il lança sur le chevalier un regard impossible à décrire.

Quant au comte de Vendôme :

— Messire, dit-il à d'Aurignac, nous ne reviendrons pas sur ce que nous avons fait.

Se tournant ensuite vers Pierre Maillé :

— Vous êtes libre, mais qu'il vous en souvienne. Allez !

Et sur un signe du comte, les deux archers emmenèrent le Gascon.

Le sire d'Aurignac, reprenant la parole, demanda que du moins il lui fût permis de donner en particulier une rude admonestation à *son ancien protégé*.

— C'est très-juste, et je vous y autorise, répondit le comte Jean. Surtout dites-lui bien que la hart (1) l'attend, s'il ne s'amende.

Il est impossible de peindre l'impression qu'avait produit la vue de Pierre Maillé. Mme Jeanne en était anéantie, et l'aumônier, qui n'avait pas vu sa figure dans le cachot, l'aumônier lui-même n'en pouvait revenir. Il est certain que si le comte eût fait comparaître le Gascon devant lui avant de le gracier, c'en était fait de ce misérable que toute son hypocrisie n'aurait pas sauvé.

Il était sorti depuis quelque temps déjà, qu'on en parlait encore comme du monstre le plus hideux qui se fût jamais vu. Mais le capitaine, homme aussi juste qu'il était sévère, fit remarquer que si Pierre Maillé n'était pas beau de sa nature, c'était, pour le moment, au coup de gantelet de Jacques Tissard qu'il devait son affreuse figure.

Cette explication, néanmoins, n'atténua que bien faiblement l'horreur que le Gascon avait inspirée.

Le comte s'étant, par l'enchaînement des circonstances, occupé de Pierre Maillé, il était tout naturel qu'il songeât à Jacques Tissard.

Jacques Tissard était Vendômois; c'était un brave soldat, dévoué à son seigneur, et son al-

(1) Corde pour pendre

tercation avec le Gascon prouvait combien il avait de patriotisme. C'était plus qu'il n'en fallait pour appeler sur lui des sympathies que lui eussent déjà valu sa position de victime.

Le comte songeait donc à se rendre à l'infirmerie pour l'aller voir, lorsque le sonneur frappa la sixième heure (1). On entendit en même temps corner l'eau pour le premier repas. La visite de l'infirmerie fut remise à l'après-dîner, et le comte se dirigea vers le donjon avec une partie du cortége.

Le premier repas, au xv⁰ siècle, comme aux siècles antérieurs, était rarement un repas de cérémonie. Le repas principal était le souper qui avait lieu le soir. Peu de personnes se mirent donc à table avec le comte Jean, et le dîner se passa pour ainsi dire en famille.

Nous n'essayerons pas de redire la conversation intime qui en fit le principal attrait. Mme Jeanne était assise à la droite de son fils, et l'on comprend combien durent être doux leurs épanchements, après une longue absence. Mme Catherine eut aussi son tour, et Blanche, la charmante Blanche, ne fut point oubliée. Le comte était charmé de retrouver sa pupille parée de toutes les grâces du bel âge ; mais il admirait

(1) Midi.

5.

surtout la vivacité de ses reparties, toujours empreintes d'une distinction et d'une délicatesse exquises.

— Ah! Madame ma mère, dit-il enfin, on voit bien qu'elle est votre œuvre, et je retrouve tout votre cœur et tout votre esprit en elle.

Mme Jeanne s'en excusa et mit toutes les qualités de Blanche sur le compte de son excellente nature.

— Le bon Dieu a ainsi fait son âme, dit-elle, comme un petit ruisseau clair et limpide qu coule entre des rives toutes fleuries.

— Et qui ne reflète que l'azur du ciel, ajouta une voix.

— Comme vous dites.

— Mais c'est vous, Madame, qui en avez fleuri les rives.

La voix qui parlait ainsi était celle d'un homme, resté jusque-là discrètement silencieux;

C'était celle du grand escuyer.

Blanche baissa les yeux. Nous ne saurions dire pourquoi; elle ne le savait point elle-même. Nous ne croyons pourtant pas que ce fût l'embarras de se voir ainsi louée; car les âmes véritablement simples acceptent la louange avec une parfaite ingénuité. Il faut connaître l'orgueil pour rougir d'une vérité flatteuse.

Mme de Beauvau fit aussi ses compliments à Blanche.

— Madame ma fille, interrompit la comtesse douairière, j'ai une grâce à vous demander pour ma petite Blanche. La chère enfant brûle du désir de voir une grande chasse...

Mme de Beauvau ne laissa point finir sa belle-mère.

— Mon enfant, dit-elle, vous viendrez avec moi. Je me rappelle trop bien encore le bonheur que m'a fait éprouver ma première chasse pour ne pas comprendre votre désir.

— Oh! merci, Madame, fit Blanche. Il me semble que ce doit être si beau!...

Et, avec une vivacité délicieuse, elle se mit à décrire l'idéal qu'elle s'en faisait.

Le comte riait de sa charmante naïveté.

— Mais, Mademoiselle, vous allez porter la terreur dans mes forêts. C'est à peine si nous pourrons vous suivre, tant sera grande votre ardeur.

Et disant ainsi, il frappa sur la table, pour donner le signal de la fin du repas.

Le *benedicite* était à peine fini, qu'un varle vint annoncer au comte que les échevins de Lavardin l'attendaient, avec tous les bourgeois, dans la salle des gardes.

Peut-être ne serait-t-il pas sans intérêt pour nous de connaître ce qui se passa entre les magistrats municipaux et le comte de Vendôme; mais cet intérêt est tout à fait secondaire.

Pour le moment, ce qui nous importe le plus, c'est de savoir ce que deviennent Pierre Maillé et le sire d'Aurignac.

Nous allons les suivre tous deux. Avant tout, cependant, disons un mot du sire d'Aurignac.

La famille de ce chevalier était originaire de la Guienne, où elle possédait un petit fief. Nous avons entendu un Gascon rappeler orgueilleusement à Jacques Tissard, un instant avant son altercation avec Pierre Maillé, qu'une poignée des leurs s'était emparée du château de Vendôme, pendant le carême de 1362, et l'avait gardé jusqu'à l'Ascension. La bande mercenaire qui, venant d'être licenciée, avait fait ce coup de main, était commandée par un sire d'Aurignac, aïeul de celui qui nous occupe. Blessé, lorsque ses hommes furent chassés du château, il y resta prisonnier, et eut tant à se louer des soins du comte de Vendôme, qu'il s'attacha à sa personne et ne le quitta plus.

Les descendants de ce sire d'Aurignac ne cessèrent, depuis, d'être dévoués à la maison de Vendôme, et c'est sous les yeux du comte Jean, que le dernier rejeton de cette race, le sire d'Aurignac qui figure ici, avait été élevé.

La nature l'avait généreusement doué. Bien fait, de belle taille, et adroit à tous les exercices du corps, il avait une âme capable de comprendre tous les beaux sentiments et de les pratiquer. Il était bon avec ses amis, et on l'aimait pour l'originalité de son esprit et sa franche gaîté. Malheureusement, avec cela, il manquait d'énergie dans la volonté quand il s'agissait de résister à ses passions qui étaient fort ardentes. Il s'était surtout adonné au jeu, et, non-seulement il avait en jouant dépensé toute sa fortune, mais il avait fait des dettes considérables.

Le comte, qui l'aimait en souvenir de sa famille, avait inutilement cherché à le guérir de ce défaut dangereux. Il avait perdu l'espérance d'y réussir désormais, et, après avoir une première fois payé ses dettes, il le gardait près de lui pour éviter qu'il ne tombât dans de pires excès.

Inutile d'ajouter qu'au milieu d'une vie si désordonnée, l'âme du chevalier avait perdu peu à peu toute sa noblesse et s'était inclinée vers la boue. Certains dehors étaient tout ce qui lui restait de ce qu'il aurait pu être, plutôt que de ce qu'il avait été; encore, comme nous l'avons dit plus haut, une expression de figure vulgaire et basse, venait-elle trahir la vérité.

Tel était le sire d'Aurignac lorsque le roi Louis XI cherchant à se faire des intelligences auprès du comte de Vendôme qui venait de quitter la cour, jeta les yeux sur lui, comme sur un homme que sa position rendait accessible à la corruption. Des émissaires secrets s'abouchèrent avec lui. Une somme d'argent et quelques promesses en eurent bientôt raison, et, comme aide, et peut-être comme espion — on ne l'a jamais bien su, mais on l'a toujours soupçonné, — on lui donna Pierre Maillé.

Nous connaissons maintenant la véritable situation des choses, et nous voyons que les tentatives de trahison pressenties par Mme Jeanne étaient en train de se réaliser.

Nul n'avait encore le moindre soupçon de ce qui se passait, et le comte de Vendôme moins que tout autre. Cependant, lorsque le sire d'Aurignac n'avait point vu paraître Pierre Maillé à Lavardin, il avait craint que la trahison ne fût découverte, ce qui l'avait jeté dans une anxiété, dans un trouble dont il eût été aisé de s'apercevoir, si l'attention n'eût été détournée par tout ce qui ce passait dans le château.

Pour le moment, revenu de ses craintes et

rassuré sur le sort de son complice, il ne songeait plus qu'à s'aboucher avec lui. C'est dans
ce but qu'il avait demandé au comte Jean la permission de visiter Pierre Maillé, et nous avons
vu de quel hypocrite prétexte il avait coloré sa
demande. Profitant donc de l'instant où le comte
recevait les échevins, il se glissa dans le bâtiment
occupé par les hommes d'armes dont Pierre
Maillé faisait partie. L'occasion était favorable :
tous les soldats étaient dehors. Un grand nombre
avaient eu la permission de sortir du château
pour se promener, d'autres jouaient dans la cour,
ou, réunis par groupes, causaient et riaient; le
surplus était dans le corps-de-garde, ou faisait
faction.

Le sire d'Aurignac parcourut plusieurs
chambres pleines de bancs à lits garnis de matelas de cosses de pois (1), tels qu'on les faisait
alors pour les soldats. Ce ne fut que dans la
dernière chambre qu'il aperçut un homme couché en peloton sur un lit. C'était celui qu'il
cherchait.

(1) Des matelas de cette espèce figuraient même chez les
bourgeois. Mais le plus souvent ils servaient de paillasse, et on
posait dessus un ou deux matelas de crin.

X

LES DEUX TRAITRES.

Pierre Maillé vit entrer le sire d'Aurignac;
mais il ne se dérangea point, et, affectant de ne
pas le regarder, il garda le silence. De son côté,
le chevalier s'arrêta à deux pas du lit. Les yeux
fixés sur le soldat, il attendit qu'il parlât le premier.

Un instant s'écoula ainsi.

Comprenant enfin la résolution du Gascon, le
sire d'Aurignac se décida à ouvrir l'entretien :

— Eh bien! dit-il, c'est ainsi que tu ménages
les intérêts du roi, notre maitre.

Pierre Maillé resta immobile.

Le chevalier reprit :

— Tu n'avais donc rien autre chose qui te
préoccupât à Lavardin que de travailler à te faire
pendre?

Pierre Maillé lança sur son interlocuteur un
regard de mépris :

— Vraiment si, dit-il; j'avais à y voir le sire
d'Aurignac demander ma détention dans le plus
affreux des cachots, lorsque le comte de Vendôme m'accordait la liberté.

Le chevalier n'eut pas l'air de prendre garde
à l'apostrophe, et, continuant :

— On ne peut donc pas rester une semaine
sans boire, dût-on risquer d'avoir la hart au
cou.

— Pas plus qu'on ne peut rester un jour sans
jouer, dût-on devenir félon.

— Si celui qui parle ainsi était chevalier...

— Il lacérerait l'écu de celui qui n'est plus digne de l'être, interrompit vivement le Gascon.

— Insolent ! s'écria le sire d'Aurignac en serrant les dents avec une expression de rage com-
primée.

Mais Pierre Maillé, qui s'était soulevé pour
lancer l'insulte avec plus de véhémence, se laissa retomber et garda de nouveau toute son im-
passibilité.

Le sire d'Aurignac se mit à parcourir rapidement la chambre en long et en large, comme un
homme en proie à une violente agitation.

S'arrêtant tout à coup en face du lit de Pierre
Maillé :

— Les moments sont courts, dit-il sèchement ;
il faut savoir si Pierre Maillé compte servir encore le roi son maître, ou s'il bat lâchement en
retraite.

— Pierre Maillé sait ce qu'il a à faire pour

le service du roi, répondit le Gascon; que le sire
d'Aurignac avise comme il l'entendra.

Le chevalier reprit sa promenade à travers la
chambre, frappant les dalles du talon, et se tor-
dant les bras avec fureur.

— Ainsi donc, dit-il enfin d'une voix compri-
mée, mais tremblante d'émotion, Pierre Maillé
déserte son poste?...

Pour toute réponse, le Gascon lui tourna le dos
et sembla prendre la position d'un homme qui
veut dormir.

Il est impossible de dire tout ce qui se passa
alors dans l'âme du chevalier. Si dégradé qu'il
fût, le mépris dont l'abreuvait cet homme de la
pire espèce, lui mordit le cœur à le suffoquer;
et, d'un autre côté, nous ne savons quelle crainte
vague s'empara de lui. Il était arrivé au pa-
roxysme de la fureur, et cependant il se sentait
dominé par cet être ignoble, dont, après tout,
les rapports avec les suppôts de Louis XI ne lui
étaient pas bien connus.

N'y tenant plus cependant, il se jeta sur Pierre
Maillé et, lui serrant la gorge avec force :

— Misérable, s'écria-t-il, crois-tu que je sup-
porterai toujours tes insultes?

Pierre Maillé perdit un instant la respiration;
mais le chevalier, comme effrayé de ce qu'il avait
fait, s'empressa de le lâcher.

— Pourquoi vous gêner? lui dit le Gascon avec calme. Que me fait la vie à moi? Le roi de France manque-t-il, d'ailleurs, de gibets dans son château du Plessis, pour venger la mort de ceux qui le servent?

Il se fit un instant de silence.

— Croyez-moi, reprit-il ensuite avec ironie, allez retrouver le comte de Vendôme, qui vous garde une récompense, à vous qu'il estime, pour le zèle que vous avez montré à l'occasion de Pierre Maillé.

Il en est de la colère comme de la douleur; quand elle arrivée à un point où elle ne peut plus grandir, elle s'apaise.

C'est ce qui arriva pour le chevalier.

Cette dernière parole du Gascon aurait dû le pousser à bout; elle le calma. Peut-être cet effet vint-il aussi de la nécessité où se trouvait le sire d'Aurignac de renouer à tout prix ses rapports avec Pierre Maillé.

Saisissant donc ce qui pouvait, dans les paroles de ce misérable, prêter à une explication :

— Pierre Maillé est devenu tout à coup bien obtus, dit-il, qu'il n'ait point compris la portée véritable de ce zèle.

— Vraiment!... et si le comte de Vendôme eût fait réintégrer Pierre Maillé dans son cachot? reprit le Gascon.

— Le comte de Vendôme n'eût jamais agi ainsi ; mais, dans tous les cas, le sire d'Aurignac se fût fait descendre dans le cachot pour conférer avec Pierre Maillé, et il eût bien trouvé le moyen de l'élargir ; car il n'oublie jamais ceux qui le servent.

Et, radoucissant un peu le ton :

— Voilà déjà longtemps que je suis ici. C'est bien plus qu'il n'en fallait pour la semonce qui m'a servi de prétexte. Laissons de côté ces misères, et hâtons-nous. Qu'as-tu fait depuis que tu es à Lavardin ?

— Dois-je vous le dire ?

— Hâte-toi, car le temps presse.

— Eh bien ! dit Pierre Maillé, qui n'était pas fâché non plus de rentrer dans de bons termes avec le sire d'Aurignac, j'ai gagné un *clerc de cuisine* (1) et un sergent d'arbalétriers.

— Pas davantage ?

— Et combien vous en faut-il donc par jour ? dit le Gascon en s'asseyant brusquement sur son lit ; à peine suis-je ici depuis une semaine. Il me semble que la pêche est bonne. Un *clerc de cuisine* : si l'on a besoin d'ajouter quelque condiment particulier au plat de Monseigneur le com-

(1) *Les clerc de cuisine* étaient des marmitons d'un degré plus élevé que les *valets d'écuelle* et les *valets de chaudière*.

te de Vendôme.... vous comprenez.... c'est ex-
cellent !... Et un sergent d'arbalétriers : s'il y a
quelque poste à livrer... c'est à merveille !...

— Du moins, t'es-tu bien assuré d'eux ?

— Comme on s'assure des traîtres, *cap dé
Diou !* pour qui me prenez-vous ? Je leur ai dit et
répété que le roi Louis XI pendait aussi bien qu'il
payait et payait aussi bien qu'il pendait. Ils m'ont
paru comprendre. Le sergent d'arbalétriers surtout, en a été glacé de terreur.

— Et Jacques Tissard, n'a-t-il rien compris,
rien soupçonné ?

— Rien. Quant à celui-là, du reste, je me
charge de lui. Son coup de gantelet, et le cachot qu'il m'a fait faire, seront payés cher.

— Ne vas-tu pas recommencer, et te faire de
nouveau mettre au cachot ?

— C'est ce qu'il faudrait au sire d'Aurignac
pour fournir matière à son zèle ; mais j'en ai
assez comme ça. Je ne ferai pas de bruit ; seulement, ce sélérat de Vendômois m'en dira des
nouvelles !

— Ça te regarde. — Et le capitaine châtelain,
si vigilant et si sévère sur la discipline, a-t-il
l'air de se préoccuper de trahison !

— Ah! *san dé Diou* (1) je ne suis pas dans ses
conseils pour le savoir! — Voilà un autre bri-
gand qui aura affaire à moi!... Ce n'est pas plus
sa faute si je ne suis point pendu, que celle du
sire d'Aurignac si je ne suis point au cachot...

— C'est assez, dit le chevalier. Tu n'es point
au cachot, ce me semble.

— Non, mais...

— Voici qui est plus important; écoute.

— J'y suis.

— Il faut à tout prix, par ta régularité, ta
soumission et ton dévouement apparent, effacer
l'impression fâcheuse produite par l'affaire de
Jacques Tissard...

— Compris.

— Il faut endormir si bien les esprits, que nul
ne soupçonne la moindre trahison.

— C'est mon affaire.

— D'ailleurs, nous ne sommes point des traîtres
lorsque nous travaillons pour notre roi légitime,
notre premier seigneur, à qui nous appartenons
tous, corps et biens...

— Corps, c'est possible; biens, vous pourriez

(1) Nous ferons remarquer ici que ces deux jurons prêtés aux
Gascons, *sandis* et *cadedis*, n'ont jamais existé que sur le
papier. Ils ne sont en usage dans aucune partie du Midi. Ils ont
été probablement formés par corruption le premier de *san dé
Diou*, sang de Dieu, et le second de *cap dé Diou*, tête de
Dieu.

faire erreur, Messire; car monseigneur le roi n'a chez nous rien à voir à ce sujet.

— Il est vrai que les biens présents sont un peu légers; mais les biens à venir peuvent être considérables...

— Qui sait? fit Pierre Maillé avec ironie; il ne faut qu'un coup de dé.

— Ou une riche héritière, ajouta le chevalier.

— Une riche héritière! Et où la trouver, *cap dé Diou*, que j'y coure de suite?

— Il n'est pas question de toi : mais de moi...

— C'est juste. A tous seigneurs, tous honneurs.

— Et si Pierre Maillé voulait m'aider...

— Eh bien !

— Sa fortune serait faite aussi, et il pourrait mourir en honnête homme.

— Des promesses, Messire, prenez garde ; quand on m'en fait, on les signe, et je les contre-signe de ma dague pour qu'elles soient fidèlement remplies.

— Tu les contre-signeras comme tu voudras; elles seront exécutées de point en point.

— C'est juste, reprit Pierre Maillé, toujours de son air sardonique; nous ne sommes pas des traîtres, nous autres, et les amis peuvent compter sur nous. — Ecoutez, sire chevalier, fit-il ensuite en se croisant les bras, vous devez être, vous, un cœur droit et loyal, puisque vous faites profession de chevalerie; mais quant à moi, je le dis franchement toutes les fois que de grands intérêts ne m'obligent pas à le cacher, je suis un bandit fieffé, à qui tout est bon. Moyennant quelques florins (1), je vendrais mon père, s'il vivait encore, et ma mère par-dessus le marché. Par exemple, je donnerais pour rien ceux que je hais, — mais j'aimerais mieux encore leur chatouiller le cœur avec la pointe de ma dague, ajouta-t-il en ricanant d'un air farouche.

— Quand je promets quelque chose à Pierre Maillé, je le tiens, ce me semble, dit sèchement le chevalier.

— Jusqu'ici, je n'ai pas à me plaindre; cependant vous me volez au moins la moitié de l'argent que vous perdez au jeu. Enfin, passons. Qu'attendez-vous de moi?

— Il s'agit, dit le chevalier, de nouer des intelligences avec les suivantes de Mme Jeanne et de Mme Catherine.

— *Cap dé Diou !* s'écria le Gascon en éclatant de rire, la belle face que vous avez choisie pour cela!... Mais pourquoi ces intelligences?

(1) On donnait le nom de florins, en France, à toutes les monnaies d'or, parce qu'elles étaient marquées d'une fleur de lis.

— Pour savoir si l'on songe à marier Mlle Blanche de Sourbec, et à qui on la destine.

— Ah ! c'est donc là l'héritière en question ? Le sire d'Aurignac sait choisir ! — Mais franchement cela ne ferait-il pas pitié de voir la colombe dans les serres du faucon ?

— Tu me comprends mal : avec la fortune de Mlle Blanche, je paie mes dettes, je fais un sort à Pierre Maillé, et je vis en chevalier loyal le reste de mes jours.

— Et c'est moi qui vous aurai aidé à devenir vertueux ! dit le Gascon en prenant un air confit.

Puis, éclatant de rire :

— Messire, ajouta-t-il, on dit que quand il est vieux, le diable se fait ermite ; mais je ne crois pas qu'il soit jamais entré en paradis pour cela. M'est avis, donc, que vous feriez mieux de rester franchement ce que vous êtes, et de laisser cette jeune enfant où elle est.

XI

LES ÉCHEVINS ET BOURGEOIS.

Le conseil ironique de Pierre Maillé ne fut point goûté du chevalier d'Aurignac.

Mlle Blanche de Sourbec, outre le fief qui lui

6

revenait du côté de son père, dans le Quercy, avait hérité de deux parents de sa mère, dont elle avait eu des domaines considérables dans le Limousin. La fortune de cette jeune héritière aurait remis le chevalier sur un bon pied, et, nous devons le dire, en songeant à la posséder un jour, c'était sincèrement qu'il formait le projet de changer de vie.

Quels moyens le sire d'Aurignac comptait-il employer pour réussir dans ses projets ? Nous le saurons plus tard. Ce que nous devons dire dès à présent, c'est que les intelligences qu'il voulait nouer avec les suivantes de Mme Jeanne et de Mme Catherine, se rattachaient à un plan médité à l'avance. Pour lui, deux choses devaient marcher parallèlement à Lavardin : les affaires du roi Louis XI, et les siennes ; et les mêmes moyens d'action devaient lui servir à poursuivre ces deux buts bien différents.

Du reste, pour ce qui regardait la réalisation de son double plan, le sire d'Aurignac était encore peu avancé ; sa conversation avec Pierre Maillé nous l'a montré clairement. Jusque-là, le roi ne lui avait demandé rien autre chose que de surveiller les démarches du comte de Vendôme et de s'assurer des relations qu'il pouvait avoir avec les princes étrangers ou les grands feudataires. C'était fort subsidiairement qu'il avait indiqué l'utilité de quelques intelligences secrètes dans la garnison de Lavardin.

Pour ce qui était des espérances personnelles du chevalier gascon, elles étaient moins avancées encore ; car il n'avait pas même noué le premier chaînon de la trame qu'il voulait ourdir.

Il comptait s'insinuer dans les bonnes grâces de Mme Catherine, dont l'esprit romanesque, à ce qu'on lui avait dit, ne serait pas indifférent aux soins réservés et polis d'un chevalier de bonne tournure. A la vérité, les chuchotements qu'il avait surpris entre Mme Catherine et Blanche, au moment de sa présentation à la comtesse douairière, auraient pu lui faire croire que son projet n'était pas dépourvu de chances de succès ; mais ce qui l'avait le plus frappé alors, c'était la figure de Blanche.

On le comprendra donc, après la conversation que nous avons suivie entre le sire d'Aurignac et Pierre Maillé, il ne devait pas leur rester grand'chose à dire. Il fut convenu que le Gascon éviterait de parler au chevalier, et qu'il feindrait de lui garder rancune pour les paroles sévères prononcées devant le comte de Vendôme. Si Pierre Maillé avait quelque chose à faire savoir, de la pointe de sa dague il tracerait une croix

double sur la pierre de sa fenêtre, et vers la neuvième heure, toujours libre pour ceux qui
n'étaient point de garde, on se retrouverait dans
une antique grotte druidique située non loin du
château, sous un épais couvert qui la dérobait
à tous les regards. Si la croix tracée était triple
au lieu d'être double, la chose serait pressante,
et sous un prétexte quelconque, les deux
hommes devraient s'aboucher au plus tôt. Les
signes devaient être les mêmes de la part du
sire d'Aurignac.

Ces conventions faites, le chevalier sortit.

Revenons maintenant vers le comte de Vendôme.

Nous l'avons laissé au moment où il allait rejoindre les échevins et les bourgeois de Lavardin
dans la salle des gardes. A peine se fut-il présenté à eux, que les uns et les autres déposèrent
à ses pieds les redevances qu'ils devaient à leur
seigneur, tant pour le compte de la petite ville
que pour leur compte personnel, le jour où il
rentrait dans son château. Le comte les reçut de
ses vassaux, et fit à chacun un petit compliment ;
car il était fort affable avec tous ceux qui lui
étaient soumis. Puis il leur adressa diverses
questions sur l'état de la population, ses ressources, le produit des récoltes, le commerce ou les

divers genres d'industrie auxquels on se livrait à Lavardin. C'était le temps où la ville de Vendôme possédait de nombreuses tanneries qui, après l'avoir mise en grande réputation, sont passées depuis à Châteaurenault, par suite du désastre qu'entraîna la prise de la ville par les soldats de Henri IV. Lavardin avait aussi des établissements de ce genre, dont on retrouve quelques traces sur la rive droite du Loir, un peu au-dessous du pont. En outre, Lavardin fabriquait des toiles et de gros tissus de laine, particulièrement des bonnets. Les échevins et les bourgeois répondirent à toutes les questions du comte, et il les félicita d'avoir su, malgré les guerres qui avaient désolé le Vendômois, conserver leur industrie dans un état prospère.

Se tournant ensuite vers un gros homme à face réjouie, qui se tenait un peu en arrière :

— Et toi, lui dit le comte Jean, comment va ton hôtellerie ?

— Monseigneur, répondit le bonhomme, grâce aux sires chevaliers de votre château de Lavardin, et à ceux qui, de Vendôme, viennent leur rendre visite, mon hôtellerie ne va point mal.

— Combien paies-tu ton cuisinier ?

— Rien, Monseigneur, je n'en ai point. Pendant que je m'occupe à diriger ma tannerie, c'est Made-

6.

lon, ma femme, qui fricote et qui m'épargne cent beaux sous que je serais obligé de donner par mois à un *maître-queux* (1). Ainsi, j'en suis quitte pour un valet d'hôtellerie, que je paie cinquante sous par mois, et une servante, que je paie trente sous.

— Très-bien, dit le comte ; pourvu que tu fasses profiter tes pratiques d'une partie de tes économies.

— Vos chevaliers ici présents peuvent vous dire si la cuisine est moins bonne et si je les surfais.

— Combien vends-tu la livre de pain ?

— Trois deniers, Monseigneur (2).

— La pinte de vin ?

— Quatre deniers.·

— La paire de pigeons ?

— Monseigneur, elle me coûte trente deniers avant d'être préparée, et le prix varie, selon l'assaisonnement, entre trente-six et quarante deniers.

— La paire de perdrix ?

— Elle me coûte cinq sous, Monseignéur, et je la vends six.

— Les chapons, les poules, les moutons ?

— Monseigneur, le prix varie assez souvent ;

(1) Queux, du latin *coquus,* se disait alors pour cuisinier.
(2) Tous ces prix sont relevés sur des comptes de l'époque.

mais lorsque c'est pour des soldats en voyage,
je me conforme aux ordonnances et ne leur
fais jamais payer un chapon plus de dix deniers,
une poule plus de quatre deniers, et un mouton
plus de cinq sous, pourvu que, pour ce dernier
ils me rendent la graisse, les pieds et la peau,
ainsi qu'ils y sont tenus.

Le comte de Vendôme lui fit encore d'autres
questions sur la valeur des denrées. Il en résulta
que le boisseau de sel se vendait cinq sous, la
livre de poivre quatre sous, la livre de cannelle
trente sous, ce qui était considérable pour l'époque ; la livre de lard dix deniers, la livre de
chandelles 1 sou, et la voie de bois deux sous.

Ces prix nous paraissent incroyables, comparés
à ceux que nous payons aujourd'hui ; mais il faut
songer que, les métaux précieux étant alors
beaucoup plus rares, leur valeur était plus
grande. Le bon marché de toutes ces denrées
est donc plus apparent que réel. Pour nous
en faire une idée, il suffit de dire que le sou,
vingtième partie de la livre tournois, dont la
valeur absolue était un peu supérieure à celle de
nos sous actuels, correspondait alors, en moyenne, à près de deux francs de notre monnaie, s'il
faut en croire les hommes compétents en cette
matière.

Le comte de Vendôme fit remarquer que ces prix étaient les mêmes que ceux de Vendôme.

Il fit encore un grand nombre de questions sur les redevances, les dîmes, les droits de *charriage* et de *levage* des barriques, etc., etc. Puis il en vint aux procès.

— J'espère, dit-il aux bourgeois, que vous êtes assez raisonnables pour éviter les procès. Ils sont la ruine des familles, et, en outre, ils laissent dans le cœur des ferments de haine que tout bon chrétien doit redouter comme contraires aux préceptes de notre sainte religion. Je vous ai donné un nouveau bailli dont la sagesse accordera vos différends. Ecoutez-le comme vous m'écouteriez moi-même. C'est un homme intègre, et vous savez qu'il lui est défendu par les ordonnances, de recevoir ni or ni argent dans l'exercice de ses fonctions. J'entends donc qu'il ne lui en soit jamais offert. Les ordonnances permettent que vous lui donniez des viandes, pourvu que ce ne soit pas pour plus d'un jour, et du vin, pourvu que ce soit en barils, en bouteilles ou en pots (1); mais je serai sur ce point plus sévère que l'ordonnance, et je défends toute espèce

(1) *In barillis, in bouteillis, vel potis,* dit en latin de cuisine une ordonnance du xiv° siècle qui est restée en vigueur pendant plus de deux cents ans.

de cadeau, voulant que la justice soit rendue pour elle-même.

Le comte de Vendôme termina en assurant les bourgeois de sa protection, s'ils venaient à être attaqués.

— Vous pouvez compter sur moi, leur dit-il, comme je compte sur vous. En attendant, s'il est quelque manant ou artisan qui souffre ou qui éprouve malheur, faites-le-moi savoir ; je lui viendrai en aide. Soyez tous assurés, du reste, que le château vous est ouvert pour tout ce dont vous aurez besoin.

Ces démonstrations faites d'un ton de franchise qui ne pouvait laisser de doute sur les sentiments du comte, furent accueillies avec d'autant plus de confiance, que, déjà, madame Jeanne avait habitué les bonnes gens de Lavardin à cette manière d'agir. Les échevins et les bourgeois remercièrent avec effusion, et le comte leur donna congé en les saluant avec une courtoisie dont il savait toujours accompagner l'air de dignité qui lui était naturel.

L'audience finie, le comte Jean se ressouvint de la visite qu'il voulait faire à Jacques Tissard. Il se dirigea donc vers l'infirmerie.

Quand le soldat vendômois vit entrer son seigneur, il fut tellement ému, que de grosses larmes roulèrent dans ses yeux. Le comte lui fit quelques questions.

— Combien gagnes-tu, lui dit-il ensuite ?

— Quatre livres par mois, Monseigneur, et là-dessus, comme les archers du roi, j'achète mes habits et mes armes.

— Oui ; mais tu es exempt d'impôts comme les nobles.

— C'est juste, Monseigneur ; aussi suis-je loin de me plaindre.

— Eh bien ! ajouta le comte, tu toucheras désormais six livres par mois.

Là-dessus le comte sortit en recommandant à son grand écuyer de venir tous les jours s'informer de l'état de Jacques Tissard.

Il était environ la neuvième heure. Une chaleur suffocante embrasait l'atmosphère. Le ciel, qui s'était montré si pur dans la matinée, s'était couvert peu à peu de sombres nuages. Des éclairs sillonnaient l'horizon, et les roulements sourds du tonnerre faisaient retentir les échos du château. Au dehors, on voyait les oiseaux se réfugier dans les fourrés les plus épais, et les hirondelles rasaient le sol des cours intérieures, en poussant des cris aigus et répétés. Tout présageait un violent orage. Le comte Jean voulut monter sur les chemins de ronde de la deuxième enceinte pour mieux juger de l'état du temps.

En ce moment, les bruits divers de la vallée
parvinrent à ses oreilles. Les pâtres chassaient
leurs troupeaux devant eux, frappant les bœufs
qui s'arrêtaient pour mugir avec anxiété. Au
pied du château, la cloche du prieuré de Saint-
Martin tintait pour l'office de none ; et dans le
village, des chants joyeux et animés s'échap-
paient de tous les cabarets. Au milieu du bour-
donnement des voix, on distinguait de ce côté un
groupe, nombreux apparemment ; car malgré la
distance, les paroles qu'il prononçait étaient
parfaitement intelligibles : il chantait à tue-tête
un vau-de-vire d'Olivier Basselin :

> Beuvons d'aultant au soyr et au matin
> Jusqu'à cent solz,
> Et ho !
> A notre hôtesse ne payons point d'argent
> Fors ung credo,
> Et ho !

— Monseigneur, dit le capitaine châtelain, voilà vos archers qui se préparent au souper dont
votre Seigneurie doit les régaler.

Il avait à peine fini ces paroles qu'un violent
coup de tonnerre ébranla l'atmosphère. Les
nuages crevèrent en même temps, et l'eau se
mit à tomber avec force.

Le comte et sa suite regagnèrent les bâtiments
du château.

XII

LES ZINGARI.

Nous avons pu remarquer que depuis son arrivée à Lavardin, le comte de Vendôme n'avait
pris aucun repos. Il gagna donc sa chambre, située au second étage du donjon, à côté de celle
de Mme Jeanne. Tous ceux qui l'accompagnaient
se retirèrent. Les chevaliers, les escuyers, le
capitaine châtelain et son lieutenant furént quitter
leurs armures et prendre un costume plus convenable pour la fête qui les attendait le soir ; car
'l devait y avoir grand gala au château, en
l'honneur de l'arrivée du comte. Puis, chacun
fut maître de son temps.

Un grand nombre de chevaliers se mirent à
deviser sur les affaires du moment : la politique
du roi Louis, les violences de Charles lè Téméraire, duc de Bourgogne, et la défense de la
ville de Beauvais par Jeanne Lainé, surnommée
Jeanne Hachette, parce qu'elle était armée d'une
petite hache lorsqu'à la tête de plusieurs femmes,
elle arracha le drapeau bourguignon qu'un soldat
venait de planter sur la brèche. Ils commentèrent
aussi diversement l'ordonnance que le roi avait
rendue à cette occasion, et par laquelle les femmes

de Beauvais avaient désormais le droit de marcher avant les hommes le jour de la procession de la patronne de la ville, dont elles avaient porté la châsse sur les remparts, bravant pendant l'assaut *les flèches et les viretons des assaillants.*

Le grand escuyer, qui se trouvait parmi les causeurs, prit part à ces conversations animées ; mais, la pluie ayant cessé presque tout à coup, ainsi que cela arrive souvent dans les orages, il sortit du château et se dirigea vers le couvent de Saint-Martin, dont il avait autrefois connu le prieur.

Le sire de Ginesti — c'est ainsi que se nommait le grand escuyer — n'avait d'autre but qu'une simple visite de politesse et de convenance. Aussi, bien qu'il tînt à s'en acquitter, marchait-il du pas d'un homme que rien ne presse, et qui n'est pas fâché de jouir des objets offerts à sa vue.

En passant devant l'église, il s'y arrêta, fit d'abord une prière, et contempla ensuite ses fresques byzantines, aujourd'hui cachées sous un épais badigeon, mais alors entièrement à découvert et dans toute leur beauté.

Puis il traversa le village, regardant à droite et à gauche, et cherchant à rappeler les souvenirs de son enfance, alors que, page du roi

7

Charles VII, il était venu pour la première fois à
Lavardin.

Plein d'une douce rêverie, il se dirigea ensuite
vers le couvent ; mais sur la route, certaine
chasse à l'oiseau, à laquelle il avait assisté autrefois, lui revint en mémoire.

Elle avait eu lieu sur les bords du Loir, un peu
au-delà dès murs du prieuré, et de l'autre côté
de la rivière. Avec toute la vivacité du jeune
âge, le page avait voulu se précipiter le premier
vers une grue énorme que le faucon venait d'at-
taquer, et qui tombait inanimée à quelque distance.
Il avait disparu dans un marécage d'où l'on avait
eu bien de la peine à le tirer. Tout le monde, et
le roi le premier, s'était préoccupé de l'accident
arrivé à celui dont chacun aimait les simples et
touchantes poésies, et Mme Agnès était descen-
due de cheval tout exprès pour essuyer elle-même
la jolie figure de l'enfant.

Le sire de Ginesti, se rappelant tout cela,
éprouva le désir bien naturel de revoir le lieu
témoin de la scène. Il revint donc sur ses pas,
traversa le pont gothique du village, le même
qui subsiste encore, et, parvenu à quelque distance,
il se mit à chercher dans les oseraies et les grandes
herbes, les traces du marécage.

Avec les années, la configuration du sol s'était

sensiblement modifiée. L'ancien page ne reconnaissait plus rien, et, continuant à battre les buissons, il se trouva tout à coup dans une clairière verdoyante que de grands saules ombrageaient à demi.

Il avait à peine eu le temps de s'apercevoir du lieu où il était, qu'un énorme chien, attaché par une chaîne à un piquet planté en terre, fit mine de s'élancer sur lui en poussant des aboiements furieux.

Plusieurs hommes qui dormaient, couchés sur le gazon, se réveillèrent en sursaut, et, se soulevant à moitié, regardèrent le chevalier avec surprise ; puis l'un d'eux, se dressant sur ses pieds, donna un coup de sifflet, et toute une bande d'hommes, de femmes et d'enfants se leva aussitôt.

A leurs cheveux noirs, légèrement crépus, à leur figure brunie, à leurs traits accentués, et surtout à leur costume étrange, le sire de Ginesti reconnut des bohémiens. Ils étaient en tout une cinquantaine, et ils avaient avec eux des chevaux, des ânes, des mulets, et quelques bagages.

Ces hordes errantes étaient habituées à se voir traquées et poursuivies presque partout. A la vue du chevalier, celle-ci crut être surprise, et

en un clin d'œil tout fut disposé pour la retraite.
Mais celui qui avait donné le coup de sifflet, et
qui paraissait être le chef, s'apercevant que le
chevalier n'était point armé, prononça quelques
mots dans une langue inintelligible. La troupe
parut suspendre ses dispositions de fuite, et quelques hommes s'élancèrent dans les oseraies,
comme pour éclairer les environs de la clairière.

— Que venez-vous faire parmi des mécréants,
sire chevalier, dit en même temps l'homme qui
avait donné des ordres ; venez-vous reconnaître
leur halte pour les faire traquer ensuite comme
des bêtes fauves, ou venez-vous les interroger sur
votre destinée ?

— Ni l'un ni l'autre, répondit le sire de Ginesti.
Je laisse à des chiens de païens comme vous le
métier d'espions ; et quant à ma destinée, elle
est entre les mains de Dieu, et je ne veux point
en sonder les mystères.

— Qui est-ce qui vous a dit que nous faisions
le métier d'espions, sire chevalier ? Si le roi
Louis XI s'est quelquefois servi de nous pour découvrir les secrets qu'il lui importait de connaître, nous nous sommes lassés de voir la hart
récompenser nos services.

— Et quelle récompense meilleure pouvait-il
vous donner, lorsque vous le trahissiez aussi
souvent que vous le serviez ?

— Nous ne trahissons jamais personne, Messire, à moins que notre intérêt ne l'exige. C'est donc la faute à ceux qui sont trahis, s'ils ne veulent pas accorder leur intérêt avec le nôtre.

Pendant cette courte conversation, les hommes qui avaient quitté la clairière étaient revenus, et, dans leur langage, ils avaient dit sans doute que nulle surprise n'était à craindre; car celui qui semblait être le chef, reprit :

— Messire, si vous ne venez ni pour nous faire traquer par des hommes d'armes, ni pour apprendre de nous l'avenir, que venez-vous donc faire parmi ces chiens que vous méprisez?

— Je pourrais te le dire, répondit le chevalier; mais je n'y vois nulle nécessité.

— Messire, reprit le zingaro d'un ton sardonique, savez-vous que vous pourriez être exposé ici, et que si nos bras s'armaient du poignard et s'abaissaient sur votre seigneurie, toute la bravoure du sire de Ginesti ne le sauverait pas.

Le chevalier fit un mouvement de surprise.

— Qui donc t'a appris mon nom, fils de Satan? dit-il.

— Peu importe! Ne possédons-nous pas, d'ailleurs, les secrets de toute chose? — Mais que diriez-vous, si vous étiez notre prisonnier?

— Bande de lâches et de traîtres! s'écria le

sire de Ginesti en portant la main du côté de son épée absente.

Le bohémien lui retint le bras, et, toujours de son air à demi-railleur :

— Oh ! ne vous pressez pas tant, Messire; ni votre vie ni votre liberté ne sont menacées, et je me ferais hacher moi-même plutôt que de laisser arracher un seul cheveu de votre tête.

— Et d'où te vient ce dévouement si étrange, chien de mécréant? répondit le chevalier sur le même ton. Sache que j'aimerais mieux souffrir la mort mille fois que de devoir la vie à une âme damnée, à un tison d'enfer comme toi.

— Je m'attendais à ce compliment. C'est un lieu commun que vous employez trop souvent, vous autres, pour qu'il me fâche. — Quant à ce qui est du dévouement, poursuivit le bohémien avec cynisme, je n'en ai pas le plus petit brin ; mais, comme il est de mon intérêt d'empêcher votre mort, pour rien au monde je ne souffrirais qu'il vous fût fait aucun mal.

— Chien de hâbleur, s'écria le chevalier, quel intérêt peux-tu avoir là-dedans?

— C'est bien simple. Ne sait-on pas que vous êtes sorti du château, et les sentinelles ne doivent-elles pas vous avoir vu venir de ce côté. Si donc vous ne reveniez pas... vous comprenez.. — Au

reste, poursuivit-il, cet intérêt n'est pas le seul ;
mais je ne suis pas obligé de vous tout dire... —
Oh ! la magnifique ligne ! s'écria-t-il ensuite, en
jetant un coup d'œil sur la main du chevalier
qui venait de faire un mouvement.

Et d'un ton d'emphase :

— J'y vois, dit-il, une destinée brillante, des
honneurs, des richesses, un superbe mariage ;
et comme ce n'est pas en fuyant le soleil qu'on
peut jouir de sa chaleur et de sa lumière... j'en
conclus, ajouta-t-il en baissant la voix d'un air
de mystère, et en regardant le chevalier avec
pénétration, j'en conclus qu'avant peu, vous
serez à la cour du roi Louis XI.

Le sire de Ginesti lança sur le bohémien un
regard de mépris ; mais celui-ci, sans se troubler,
continua avec un imperturbable sang-froid :

— Si vous voulez que je vous le dise plus sûrement, sire chevalier, donnez-moi votre main, et
l'avenir n'aura plus de secrets pour vous.

— Que t'ai-je dit, misérable ? s'écria le chevalier d'une voix courroucée.

— Oh ! personne ne vous force, poursuivit le
bohémien ; le zingaro laisse les autres libres
comme il veut être libre lui-même.

Et continuant à observer le chevalier :

— Après cela, dit-il, j'ai parlé du roi Louis XI

parce que c'est entre ses mains qu'est la toute-
puissance et qu'il porte aussi haut ses amis, qu'il
sait abaisser ses ennemis. Mais peut-être est-ce
à la cour du comte de Vendôme que votre destinée vous attend. Le comte Jean est un puissant
feudataire, qui peut bien se passer du roi et faire
seul la fortune de ceux qui le servent.

Si le bohémien n'avait cessé de scruter la figure du sire de Ginesti, celui-ci de son côté n'avait
pas quitté les yeux du bohémien. Outré de son
impudence :

— Tu mériterais que je te fisse prendre aux
branches de ces saules ! s'écria-t-il enfin, avec
l'accent de l'indignation la plus vive.

Au même instant, on entendit un bruit sourd
qui semblait venir du sol, et qui résonnait
comme le galop lointain des chevaux.

Les bohémiens avaient à peine reconnu ce
bruit que, ne doutant plus d'une attaque, ils
levèrent le camp sans plus attendre. Les femmes
et les enfants sur les montures et les hommes
les poussant devant eux, au pas de course, ils
gagnèrent précipitamment un gué qui se trouvait
à quelques pas de là, espérant sans doute se cacher
dans les cavernes du coteau boisé qui borde la
vallée, de l'autre côté du Loir.

Celui qui paraissait être le chef, et quelques

hommes vigoureux avec lui, restèrent seuls, comme pour tenir tête à l'ennemi. Ils pensaient apparemment donner ainsi le temps au gros de la troupe de se mettre en sûreté, comptant sur la vitesse de leurs chevaux pour échapper eux-mêmes aux assaillants, lorsqu'un signal les avertirait que leur diversion devenait inutile.

En attendant, leur colère éclatait contre le chevalier, qu'ils accusaient de les avoir trahis. Dans le premier moment, quelques-uns d'entre eux, tirant leurs poignards, voulurent même s'élancer vers lui ; mais le chef les en empêcha, répétant avec une grande vivacité et des gestes étranges, des mots que le chevalier ne comprit pas. Puis ce même chef, s'adressant au sire de Ginesti :

— Votre Seigneurie aura-t-elle le droit désormais de parler de trahison devant les zingari ?

— Par la tombe de ma mère, répondit le chevalier, comme il est vrai que je ne tremble pas devant vos poignards, je ne vous ai trahis en aucune façon.

Et, s'avançant vivement vers celui qui lui parlait :

— Reste, lui dit-il ; et, quoique ta race soit une race maudite et vouée au diable, tu verras si le sire de Ginesti a moins de loyauté envers elle qu'envers les premiers chevaliers du royaume.

7.

Il avait à peine fini de parler qu'on aperçut des têtes de cavaliers au-dessus des oseraies. Ils avançaient au galop.

— Arrêtez ! arrêtez ! leur cria le chevalier à plusieurs reprises en leur faisant signe de la main.

Ils s'arrêtèrent, en effet, à l'entrée de la clairière.

La troupe se composait d'une douzaine de lansquenets, commandés par un sergent. Les lansquenets étaient des fantassins ; mais la plupart, ayant alternativement servi dans l'infanterie et la cavalerie, ils étaient bons à tout.

— Que venez-vous faire ici ? leur dit d'un ton bref le sire de Ginesti.

— Nous venons donner la chasse à cette canaille immonde, répondit le sergent.

— Qui vous envoie ?

— Le capitaine châtelain. Du haut des remparts, les sentinelles ont signalé le danger que vous couriez, et le capitaine pensant bien que nos seigneurs les chevaliers ne se soucieraient guère d'une si sale besogne, c'est nous qu'il a envoyés donner la chasse à ces pourceaux.

— Tu l'as entendu ? dit le sire de Ginesti au chef des bohémiens. Et maintenant, va retrouver les tiens. Il ne te sera fait aucun mal ; mais ne

te rencontre jamais sur mon chemin si tu ne
veux pas que je te dise ton horoscope, mieux
que tu ne m'as dit la mienne.

Le chef des bohémiens ne sele fit pas répéter,
et, suivi de ses hommes, il disparut au galop.

Quant au chevalier, il monta sur un cheval
qu'on avait amené à son intention, et comme il
était trop tard pour songer désormais à faire sa
visite au prieuré, il regagna le château suivi
des cavaliers.

Il était temps d'arriver ; car à peine le sire de
Ginesti avait-il regagné sa chambre pour mettre
un peu d'ordre à sa toilette, qu'on entendit sonner la treizième heure, et tout aussitôt on corna
l'eau pour le souper.

Ici nos lecteurs nous permettront une petite
halte, et pendant que nos divers personnages se
préparent à paraître dans la grande salle, nous
y pénétrerons avant eux pour examiner en détail
les préparatifs de la fête à laquelle nous assiste-
rons dans un instant.

XIII

LA GRANDE SALLE.

Nos lecteurs savent certainement à quoi se
rapportait dans les donjons féodaux, le nom de

grande salle. C'était une pièce dont la première qualité consistait à présenter une vaste enceinte capable de contenir une nombreuse assemblée, dont la composition variait suivant les circonstances.

Quand à la destination des grandes salles, elle était multiple et répondait, dans ces habitations restreintes en vue des nécessités de la défense, à tous les besoins de la vie *officielle* du haut baron, si cette expression moderne peut être ici employée.

On comprend qu'affectées à tant d'usages, les grandes salles fussent, en général, et surtout aux XIe et XIIe siècles, sévères dans leur ornementation, dont l'architecture du gros œuvre faisait presque tous les frais. Cependant on ne négligeait pas de les décorer de portières, de tentures et de meubles variés, surtout lorsqu'elles devaient servir aux banquets, et aux fêtes qui les suivaient.

Au XVe siècle, du reste, la sévérité antique avait fait place à plus de luxe, et en même temps à ce que nous appellerions aujourd'hui plus de confort. Les fenêtres, rares autrefois, et le plus souvent sans vitres, s'étaient multipliées, élargies, et fermées de vitraux multicolores; les cheminées, les voûtes ou les plafonds s'étaient couverts de peintures et de dorures ; les carrelages étaient devenus des objets d'art ; et les meubles affectaient quelquefois une grande richesse.

Dans le château de Lavardin, la grande salle formait un parallélogramme régulier de 45 pieds de long sur 21 pieds de large. Restaurée au xive siècle par Jean VII de Bourbon, elle l'avait été suivant le goût de cette époque. La vieille fenêtre plein cintre du xiie siècle, percée dans la partie gauche de la façade du midi, avait été élargie, divisée par un meneau, et, dans sa partie supérieure, ornée de quatre-feuilles qu'entouraient d'élégantes découpures. On la voit encore en place.

Une fenêtre du même genre s'était ouverte certainement aussi dans la partie du mur du levant tombée aujourd'hui, pendant que le mur du nord, percé tout entier d'une large baie découpée en ogives garnies de trèfles ou de quatre-feuilles du goût le plus pur, donnait place à une magnifique verrière.

Comme la grande baie, les fenêtres étaient garnies de vitraux peints représentant divers sujets, et les blasons des alliances de la maison de Bourbon-Vendôme. Elles étaient, en outre, munies de volets intérieurs en bois de chêne, dont les panneaux présentaient des découpures et des sculptures de la plus grande délicatesse. Des courtines de tapisseries sarrazinoises (1) suspendues par de gros anneaux à des tringles de bois, achevaient de les clore et de les orner à la fois. Deux grandes tapisseries semblables retenues par de grosses torsades de soie, garnies de glands, fermaient aussi la grande baie. Enfin, devant la porte militaire, d'autres tapisseries enveloppaient un grand clotet, espèce de tambour de bois, dressé pour dissimuler cette porte et les appareils qui aidaient à la manœuvrer. Ouverte dans le mur de l'est, en effet, un robuste vantail venait la fermer au moyen d'un treuil intérieur porté sur de fortes consoles de pierre, qu'on voit encore, ou la laissait ouverte en s'abaissant comme un pont-levis, contre le chemin de ronde de la chemise du donjon, où deux corbeaux la recevaient.

Le carrelage de la salle était tout entier en petites briques émaillées, de diverses couleurs, et dont les dessins se raccordaient de manière à former des compartiments réguliers entourés de capricieuses arabesques et semés de fleurs de lis.

Le plafond était entièrement peint d'azur et

(1) C'étaient des tapisseries veloutées. Elles avaient été introduites en France vers la fin du XIᵉ siècle, par les Orientaux. De là leur nom de sarrazinoises.

semé aussi de fleurs de lis d'or. Les solives saillantes qui le soutenaient, étaient peintes en brun, et les fines moulures qui se profilaient sur leurs angles étaient alternativement peintes et dorées. Il en était de même des puissantes poutres qui supportaient les solives et sur lesquelles s'étalaient, en outre, au milieu de rinceaux gracieux, les écus de la maison de Vendôme.

Entre la porte militaire, et la fenêtre du midi, contre le mur de l'est, se dressait une vaste cheminée encore debout aujourd'hui, avec son manteau mouluré dans le goût du XIVe siècle, et chargé, dans le milieu, d'un écusson de France sculpté, avec deux anges pour supports. L'écusson, la couronne qui le timbrait, et les deux anges étaient, du reste, peints et dorés, ainsi que les moulures du chambranle et les montants, pendant que la hotte inclinée en arrière, était chargée de devises enroulées de cent façons diverses.

Le fond de cette cheminée était garni d'une grande plaque de fonte de fer représentant Adam et Eve dans le paradis terrestre. Deux magnifiques landiers, de fer aussi, couverts d'ornements forgés et de ciselures délicates, en complétaient la garniture, avec une pelle et une paire de pincettes d'un travail exquis.

Nous avons dit que du côté du midi, la salle était éclairée par une fenêtre percée dans la partie gauche du mur. La partie droite était occupée par un lavoir (1) de plomb, couvert de reliefs argentés et dorés. Ce meuble, en forme de coffre, d'une longueur de six pieds environ, était posé sur un appui sculpté. Au dessous était un bassin, de plomb également, pour recevoir l'eau de six petites gargouilles, sous lesquelles se lavaient les mains avant et après le repas, ceux à qui, par suite de leur rang inférieur, les pages et les damoiseaux n'offraient point à laver dans des bassins d'argent.

Ce lavoir était, avec une horloge d'intérieur à carillon harmonique, qu'on voyait au dessus, le seul meuble fixé au mur. Partout ailleurs les murs étaient libres et tendus de magnifiques tapisseries de *haute lisse* (2), représentant des aventures empruntées aux romans de chevalerie. Ces tapisseries faites exprès pour la salle, étaient retenues dans le haut par des clous à crochets qui les maintenaient seulement *au chef* comme on disait alors. Elles tombaient ensuite

(1) Fontaine placée dans les réfectoires.

(2) C'est-à-dire faites de telle manière que la chaîne servant à soutenir le tissu, était placée verticalement sur le métier. Ce genre de fabrication auquel se rapportent les belles tapisseries des Gobelins, était connu des peuples de l'Égypte. Dès la fin du XI° siècle, les villes de Poitiers, Beauvais, Reims, Arras, et Saint-Quentin possédaient des fabriques de *hautes lisses*.

jusqu'au sol, masquant l'unique porte qui, de la salle, donnait vers l'escalier, et vis-à-vis de laquelle elles présentaient une fente verticale pour permettre aux entrants et aux sortants de passer en soulevant un des pans de la tenture.

Telle était la grande salle du château de Lavardin, restaurée par Jean VII, et rien n'y avait été changé depuis le jour où, pour la première fois, vingt-six ans auparavant, elle avait reçu le roi de France avec toute sa cour.

Disons un mot à présent des dispositions particulières qui avaient été prises pour la fête du moment.

Habituellement les repas se faisaient, au donjon de Lavardin, sur une grande table que les convives occupaient des deux côtés, ainsi que nous l'avons vu pour la collation présidée par la comtesse douairière de Vendôme. Cette disposition était nouvelle au xve siècle. Les grands seigneurs qui la conservaient dans les fêtes d'apparat, faisaient dresser des tables si larges que, pendant les entremets, des jongleurs ou des ménestrels y montaient, et se tenaient au milieu pour représenter des scènes allégoriques ou chanter des couplets.

Ces tables étant peu commodes pour le service, elles n'avaient point été adoptées en cette circonstance, et l'on s'en était tenu aux usages reçus depuis longtemps.

Une table haute avait donc été dressée en travers de la salle, près de la grande verrière, pour le comte et sa famille. Un banc de chêne sculpté, avec marchepied et dais, garnissait cette table d'un bout à l'autre. Il était couvert de riches coussins, et le dossier était caché sous un magnifique dorsal (1) en étoffe d'or et d'argent, brodé aux armes de Bourdon-Vendôme. Perpendiculairement a cette table, des deux côtés de la salle, et dans toute sa longueur, étaient dressées deux autres tables moins hautes, qui laissaient entre elles un grand intervalle libre, pour le service. Ces tables étaient garnies du côté du mur seulement, de banques ou bancs (2), destinés aux convives. Elles étaient couvertes de nappes damasquinées, doubles, appelées *doubliers*, pliées *comme rivière ondoyante qu'un petit vent frais fait doucement soulever,* et tombant par les deux bouts jusqu'à terre. Dans leur extrémité la plus éloignée de la table du comte, chacune des deux tables latérales s'abaissait pour former une troisième catégorie

(1) Grande pièce d'étoffe qu'on suspendait aux panneaux des chaises, des dossiers des bancs, ou sur le fond des dressoirs chargés de vaisselle.
(2) Du mot *banc* est venu *banquet*

destinée à ceux qui n'étaient pas encore chevaliers, et aux personnes d'un moindre rang.

Sur ces diverses tables, la place de chaque
convive était marquée par une assiette d'argent,
un couteau, une cuillère et une fourchette. Ce
dernier meuble était un objet de luxe, introduit
chez les grands depuis à peine trois quarts de
siècle. Il était inconnu de la plupart des bourgeois,
qui mangeaient encore avec leurs doigts comme
les Romains. Chaque assiette était garnie d'une
touaille ou serviette, dont l'usage datait aussi
de peu de temps, et, près des assiettes, étaient
placés des hanaps ou coupes d'argent ciselées.

Le coup d'œil que présentaient ces tables,
toutes riches qu'elles fussent, n'avait rien de
bien extraordinaire; mais ce qui brillait d'un
éclat sans pareil, c'étaient les dressoirs, les
crédences et les buffets.

Les dressoirs étaient des meubles en forme
d'étagéres, qu'on plaçait contre les murs. Ils
étaient semblables pour la disposition générale à
ceux auxquels nous donnons encore aujour-
d'hui ce nom; seulement ils étaient garnis de
nappes d'étoffes diverses, richement brodées.
Il y en avait de petits dans les chambres à coucher.
Ceux des salles de festins étaient couverts de
vaisselle d'argent, de vermeil ou d'or, d'objets

précieux, de *drageoirs* (1), et de pots contenant des confitures et des *épices* (2).

Les crédences étaient de petites armoires portées sur des pieds élevés, dans lesquelles on serrait les vases destinés à faire l'essai des liqueurs avant de les servir. On couvrait d'une nappe la partie supérieure, comme une étagère, et c'était sur cette nappe qu'on posait les vases pendant le repas. Une étagère placée au-dessous de l'armoire, recevait les aiguières et les bouteilles pleines de liquide.

Enfin, les buffets n'étaient nullement comme aujourd'hui, un meuble ayant une destination constante. C'étaient des échafaudages dressés pour la cérémonie, au milieu de l'espace réservé entre les tables. On pouvait tourner autour. Ils servaient à parer le centre de la salle du festin, et, sur des gradins couverts de riches étoffes, on y rangeait, comme sur les dressoirs, des pièces d'orfévrerie, de toute espèce, des épices et des confitures.

Outre ces buffets d'apparats, d'autres buffets, couverts également d'étoffes ornées, étaient

---

(1) Sorte de coupe large et plate sur laquelle on offrait les dragées.

(2) Ce mot désignait alors comme aujourd'hui les produits végétaux que fournissent les îles des Indes. Avant la découverte du cap de Bonne-Espérance en 1486 et 1497, ces produits étaient fort rares en Occident et on les servait comme des objets de luxe.

dressés derrière la table du seigneur. Ceux-là étaient destinés à recevoir les viandes, et c'était là que l'escuyer tranchant les découpait avant qu'on ne les servît.

Ornée des différents meubles que nous venons de décrire, la grande salle du donjon de Lavardin était d'une merveilleuse richesse ; car outre la vaisselle dont ils étaient couverts, tous ces meubles construits dans le goût pur du XIVe siècle, étaient relevés par les plus délicates sculptures.

Les crédences étaient à dossier, disposition nouvelle alors. Leurs portes étaient des chefs-d'œuvre, et leurs ferrures appliquées sur du velours cramoisi, présentaient des découpures et des ciselures admirables.

Les dressoirs ne leur cédaient en rien. Ornés d'un magnifique dais sculpté, ils avaient trois étagères, ainsi que cela était permis aux seigneurs qui portaient le titre de comte; car le nombre des étagères était fixé par les règles de l'étiquette : le roi seul pouvait en avoir cinq, les comtes trois, et les simples chevaliers bannerets n'en avaient que deux.

Tant de merveilles auraient déjà étonné à la simple clarté du jour; mais à la lueur de mille bougies de cire pure (1), elles étincelaient et fascinaient le regard. Ce n'était pas, en effet, la chose la moins remarquable, que l'éclairage, dans cette salle de fête. Au-dessus de chaque table latérale pendait de la voûte six *lampesiers* ou *lampiers* (2) de cuivre découpés à jour et couverts de figures. ils étaient en forme de *couronnes de lumières* doubles, garnies de bougies. Deux autres *lampesiers* du même genre éclairaient la table du comte. En outre, des *torchères* (3), espèce de candélabres dont la partie supérieure, soutenue par des figures grotesques, formait un plateau rond garni de bougies, éclairaient le buffet d'apparat et les dressoirs; et des *bras de lumières* à plusieurs branches, étaient accrochés aux murs.

Aussi rien n'égalait l'éclat de cette salle, lorsque le comte de Vendôme y entra, précédé de quatre huissiers, et suivi de tous les convives dont les vêtements d'or et de soie allaient encore ajouter à la somptuosité du coup d'œil.

(1) Les bougies ont pris leur nom de *Bougie*, ville d'Algérie, qui fournissait autrefois beaucoup de cire. Ce genre d'éclairage fut introduit en Europe au viii° siècle par les Vénitiens qui l'avaient apporté d'Orient. Les premières bougies se nommèrent *cerei*, d'où est venu *cierge*.
(2) C'étaient des lustres garnis de bougies et quelquefois de godets pleins d'huile, dans lesquels brûlait une mèche.
(3) Du mot *torche*.

XIV

LE BANQUET.

Après le lavement des mains, le comte prit place au milieu de la table qui lui était réservée. Mme de Bauveau, son épouse, prit place à sa gauche; Mme la comtesse douairière, sa mère, à sa droite; puis, à gauche, à côté de Mme de Bauveau, se placèrent le prieur du couvent de Saint-Martin et l'aumônier de Mme Jeanne; et à droite, à côté de la comtesse douairière, Mme Catherine et Blanche.

Les autres convives se placèrent ensuite devant les tables latérales, suivant leur rang, la première place de celle de gauche étant réservée au curé de Lavardin et la place correspondante, à droite, au vicaire.

Les clercs de la paroisse apportèrent alors l'eau bénite. L'aumônier récita le *Benedicite*, et le curé bénit la salle avec l'*asperson* (1), ainsi que le voulait pour les repas de grand apparat, un ancien et touchant usage.

Cette cérémonie terminée, le comte s'assit, tout le monde après lui, et le service commença.

(2) Aspersoir.

Nous ne nous arrêterons pas à décrire ici les différents plats. Ces détails, tout curieux qu'ils pourraient être, mettraient de mauvaise humeur nos ménagères, qui n'aiment pas qu'on marche sur leur terrain. Nous nous bornerons donc à dire qu'après le premier dessert (1), qui se composait, en outre des meilleurs fruits du pays, de raisins d'outre-mer, de marrons de Lombardie et de figues de Malte, on servit des soupes aux *vitelots*, aux *grenades*, au *chènevis*, et la fameuse *panade royale* inventée par le prime-queux du ro Louis XI. Les grosses viandes vinrent ensuite, entourées de sauge, de lavande ou d'autres herbes aromatiques, et assaisonnées à diverses sauces, au *citron*, au *vin vieux*, à la *dodine*, à *madame Rapée*, ou, même, à la *poudre d'or*. Le piment n'était épargné nulle part.

Puis on servit des boudins blancs faits de chair de chapon, des pigeons au sucre, des gélinottes, des perdrix, des bartavelles (2), des hérissons, des cigognes, des paons, de la grosse venaison et des pâtés de diverses espèces.

Tous ces plats étaient apportés des cuisines dans des barquettes couvertes (3) et déposés sur

(1) On commençait et on finissait les repas par le dessert.
(2) Perdrix grecques.
(3) Dans les repas ordinaires, les plats se posaient couverts sur les tables, avant l'arrivée des convives. De là l'expression, *mettre le couvert*.

les buffets, derrière la table d'honneur. Des damoiseaux et des varlets les présentaient au comte de Vendôme, un genou en terre, et les rapportaient aux escuyers tranchants qui les découpaient, plaçant les morceaux sur des *tranchoirs* (1) rangés dans un plat. Des valets de service s'en emparaient alors et les présentaient aux convives, qui désignaient le morceau de leur choix, pour qu'on le plaçât devant eux avec son tranchoir, sur leur assiette (2). Chacun coupait ainsi sa viande sur ce lit de pain, sans endommager les assiettes d'argent, et l'assaisonnait de sel à son gré; car en même temps qu'on déposait les *tranchoirs* sur les assiettes, on mettait à côté des convives, du sel renfermé dans des morceaux de pain creusés en forme de godets. On n'usait pas alors d'autres salières.

Les mêmes assiettes restaient toujours devant les convives; mais après le service de chaque plat, des valets passaient avec de grands bassins d'argent et des *pots à aumônes* (3). Les valets vidaient les restes des assiettes dans les bassins d'argent, et la part que les convives destinaient aux pauvres était déposée dans les *pots à aumô-*

(1) Tranches de pain rassis cuit exprès pour cet usage.
(2) Les grands seigneurs, seuls, se servaient d'assiettes. Partout ailleurs les *tranchoirs* étaient posés sur la nappe,
(3) Cet usage touchait à sa fin : et bientôt on ne connut plus que les *nefs à aumônes*, vases d'argent dans lesquels chaque convive jetait sa pièce de monnaie avant de quitter la table.

nes. Touchant usage, qui faisait, du soulagement
des malheureux, une partie intégrante des plus
brillantes fêtes.

Pendant que les mets circulaient ainsi devan[t]
les tables, sous la direction des maîtres d'hôtel[t]
et accompagnés de valets qui portaient de grandes
torches allumées, des pages et des damoiseaux
remplissant les fonctions d'échansons, versaient
dans les hanaps les vins qui avaient été essayés
sur les crédences. C'étaient des vins d'Orléans,
de Beaune, de Bordeaux et d'Aï, pour la plupart.
On servait aussi le *Garnache*, ou vin de Roussillon,
et ce qu'on appelait le *vin bastard*, qui était un
vin de Corse miellé.

Cette multitude de plats et de vins que nous
avons successivement énumérés, ainsi que beaucoup d'autres dont nous ne disons rien, n'avaient
pas été servis sans interruption. Déjà deux fois,
le service s'était arrêté pour donner place à des
entremets.

Nous donnons aujourd'hui le nom d'entremets,
aux plats sucrés qui se servent avec le rôti et
avant le dessert. Dans le moyen âge, la signifi-
cation de ce mot était beaucoup plus rationnelle.
De même que Dieu et les pauvres avaient leur part
dans les repas, on voulait aussi que l'esprit eût
la sienne. On ménageait donc de temps en temps,

entre les services, une interruption, pendant
laquelle des trouvères, des ménestrels, et
des jongleurs (1) récitaient des vers, ou chantaient des mélodies accompagnées d'instruments.
C'était là ce qu'on appelait entremets.

L'entremets qui précédait le service des viandes rôties, était d'ordinaire plus long que les
autres. Dans la fête qui nous occupe, il eut
une grande importance; car on y représenta la
Moralité du miracle de Théophile, un des *jeux*
qui, avec ceux du *Berger et de la Bergère*, du
Mariage et du *Courtois*, faisaient les délices de
nos ancêtres.

On connaît l'histoire du prêtre Théophile, qui,
furieux d'avoir été calomnié auprès de son évêque, et, par suite, déposé d'une dignité dont il
était pourvu, donna au diable un écrit par lequel
il renonçait à Jésus-Christ et à sa mère. Tel
était le sujet de la *Moralité du miracle de Théophile*, arrangé par Rutebœuf, trouvère célèbre
qui vivait sous saint Louis.

Il y avait là pour nos pères, dont la foi était
vive et le cœur naïf, un drame des plus émou-
vants. Aussi, lorsque vint le moment du grand
entremets, et que les nombreux valets de service

(1) Ce mot n'avait pas alors le sens qu'il a aujourd'hui.
désignait des joueurs d'instruments qui accompagnaient les
trouvères et lesstroubadours.

et ceux qui portaient les torches allumées se
furent rangés contre les murs, ayant devant eux
les pages, les varlets et les damoiseaux, il se fit
un profond silence.

Les acteurs se placèrent devant le comte, dans
l'espace réservé entre les tables, et le *jeu* commença, accompagné des harpes, des luths et des
flûtes. On écoutait avec la plus grande attention.
Bientôt parut le sorcier Salatin, qui, à la requête
de Théophile, appela le diable par cette terrible
incantation :

> Bagahi, laca, bachahi!
> Lamac, cahi, achabahé!
> Korrelyos!
> Lamac, lamec, bachalyos!

Tout le monde frémit; mais ce fut bien autre
chose, lorsque, obéissant aux paroles cabalisti-
ques du sorcier, le diable parut en disant :

> Tu as bien dit ce qu'il i a.
> C'il qui t'aprist riens n'oublia.
> Moult me travailles.

Ce fut ensuite un mouvement d'indignation
générale, quand on vit Théophile signer de son
sang l'acte par lequel il se donnait à l'Esprit des
ténèbres. Mais on respira, et le contentement
parut sur toutes les figures, lorsque, grâce à l'in-
tervention de Notre-Dame la Vierge, le diable

fut forcé de rendre la donation. Tout le monde
était ému, et lorsque l'évêque s'écria :

> Chantons tuit por ceste novelle ;
> Or levez sus,
> Disons *Te Deum laudamus !*

Tout le monde se leva, et la salle retentit du
Te Deum.

Tout cela paraîtrait bien pauvre, bien mesquin,
bien bizarre peut-être, à nous qui sommes quelque peu sceptiques, et blasés sur la plupart des
effets ; mais, comme les choses empruntent une
partie de leur poésie à la disposition d'esprit
qu'on y apporte, en se pénétrant bien des
mœurs de l'époque, il est aisé de comprendre
l'enthousiasme de tous les spectateurs au moment de ce dénouement si naturel et si religieux.

Les acteurs s'étaient retirés et l'on parlait encore du *jeu* de Théophile, lorsqu'on apporta le
rôti.

La première pièce qui fut présentée au comte
fut le sanglier tué par le grand veneur. Il avait
été rôti tout entier, et quatre hommes l'appor-
taient, debout sur ses pattes, dans une grande
barquette découverte. Le comte en fit compliment au grand veneur, qui, assis près du curé
de Lavardin, se comportait de manière à effacer

8.

les traces du jeûne de la veille. Ce fut aussi dans
la salle un mouvement général d'admiration,
lorsque, sur l'ordre du comte, l'animal porté en
triomphe parut devant toutes les tables. Il ne
fallait rien moins que cette exhibition pour rap_
peler les convives à leurs devoirs. Les vins herbés et épicés achevèrent l'œuvre.

On servit, bientôt après le rôti, les crèmes,
dont quelques-unes étaient parsemées de petites
portions d'or léger, d'amandes ou de feuilles de
roses; puis, après un entremets de quelques couplets, le second dessert, dans lequel figuraient
des *passerilles* et des *supplications*, espèces
d'oublies qui *amusent les convives lorsqu'ils n'ont
plus faim et qu'ils ne restent à table que pour
deviser et pour boire*, dit, dans un ouvrage curieux, maître Pastourel, premier cuisinier de
Louis XI. Avec le dessert, on versa le *clairet*,
liqueur qui, au xve siècle, terminait tous les repas, et qu'on offrait dans des flacons de cristal
à fleurs d'or.

La gaîté avait été fort grande pendant tout
le souper; mais quand on eut goûté le clairet,
l'esprit de chacun parut avoir reçu une véritable transformation. Les conversations devinrent
plus animées, les mots piquants et les gentils
propos coururent d'une table à l'autre, sans ja-

mais sortir cependant de la réserve convenable.
Enfin le comte donna le signal, tout le monde se
leva et l'aumônier dit les grâces.

Quoique les raffinements du luxe fussent poussés
fort loin à cette époque, ainsi que nous avons pu
en juger, on en était encore à la simplicité des
temps anciens pour la distribution des appartements dans les châteaux.

Ainsi, la grande salle servait, nous l'avons
dit, à tous les usages de la vie publique et
privée. En temps de guerre, elle était le lieu de
réunion des hommes d'armes. En temps de paix,
le seigneur y rendait la justice, il y recevait les
visites de cérémonie ou les envoyés du suzerain.
Pour les repas, elle se transformait en salle de
festin et devenait après un salon pour les jeux
de toute espèce.

A peine donc les convives furent-ils levés,
qu'en un clin d'œil, pendant qu'ils se lavaient les
mains, des valets exercés eurent emporté toutes
les tables ainsi que les buffets. Les jonchées de
fleurs et de plantes odorantes dont on avait
couvert le carrèlement, disparurent aussi, et des
tables furent dressées pour le jeu. En même

temps, on apporta quelques *faudesteuils* (1), des
escabeaux et des *quarrels* (2), et la fête se continua en se transformant.

XV

LA SOIRÉE.

Ce n'était plus maintenant de victuaille qu'il
était question ; car chacun avait bravement payé
de sa personne pendant le repas, et suivi, plus
ou moins, l'exemple remarquable du grand
veneur. Cependant, avant que les jeux fussent
installés, on servit les épices (3) qu'on prenait
après le repas, comme nous prenons aujourd'hui
le café. On se mit ensuite à jouer.

Les jeux qu'on pratiquait alors étaient pour
la plupart les mêmes que les nôtres ; car ils sont
d'une haute antiquité. C'étaient les dominos, en
usage déjà chez les Hébreux, les Grecs et les
Chinois ; les échecs, image de la guerre, qu'on
a voulu faire remonter au siège de Troie, mais

(1) Fauteuils dont la forme était variable.
(2) Carreaux garnis de plume, de laine ou de crin, qui servaient
à la fois d'appui pour les pieds, et de siège pour les hommes
lorsqu'ils causaient avec les dames.
(3) Les auteurs du temps se contentent de parler des épices
comme étant servies après les repas et dans le cours des soirées ;
nous n'avons pas trouvé comment se consommait ce genre de
mets. Ceci est si loin de nos habitudes que nous avons peine à
nous le figurer.

qui paraissent avoir été inventés dans l'Inde vers le vi^e siècle ; le trictrac connu des Grecs ; les dames, fort anciennes aussi ; enfin les cartes, invention nouvelle (1), et qui, après avoir amusé la démence de Charles VI, étaient devenues une mode générale.

Les cartes, comme étant plus récentes, réunirent le plus grand nombre de partisans. Plusieurs dames même y prirent part. De temps en temps, ce jeu donnait lieu à des allusions politiques fort piquantes, et peu gracieuses pour le roi Louis XI. Avec le perfectionnement qu'avaient subi les cartes du temps de Charles VII, et les emblèmes cachés sous les noms des personnages qui y figuraient, cela ne pouvait être autrement. *David*, persécuté par son fils Absalon et dont le nom avait été donné au roi de pique, représentait, en effet, Charles VII, menacé par son fils Louis XI. Le nom d'*Argine*, anagramme de *Regina*, reine, donné à la dame de trèfle, désignai; Marie d'Anjou, femme du même Charles VII t celui de *Pallas*, donné à la dame de pique, rappelait Jeanne d'Arc ; celui de *Rachel*, donné à la dame de carreau, Agnès Sorel ; enfin, celui de *Judith*, donné à la dame de cœur, la reine

(2) On prétend généralement que les cartes ont été inventées pour distraire Charles VI dans sa folie. C'est une erreur ; car il en est déjà fait mention sous Philippe de Valois, en 1328.

Isabeau. Les quatre *varlets* portaient les noms
de deux compagnons de Charlemagne : *Ogier*
et *Lancelot* ; et de deux généraux de Charles VII :
Hector de Gallard et *Lahire*. Les basses cartes
étaient également pleines d'emblèmes guerriers :
ie *cœur* désignait la bravoure ; le *pique* et le
carreau, les armes ; le *trèfle*, les vivres, et l'*as*
de cette couleur, l'argent, si nécessaire pour faire
la guerre.

· Pendant que les tables de jeux s'organisaient,
la conversation ne restait pas inactive. Les dames
s'étaient assises sur des *banquiers* ou sur des
faudesteuils, et les chevaliers sur des *quarrels*,
à leurs pieds. Ils devisaient de cent choses diverses avec beaucoup de grâce et d'amabilité.
Quelques chevaliers restés debout, causaient
dans un coin de choses plus sérieuses ; d'autres
allaient et venaient, se mêlant à toutes les conversations et jetant partout où ils passaient
quelque mot piquant qui provoquait les plus
vives reparties.

Quel rôle jouaient au milieu de cette fête animée le chevalier d'Aurignac et le grand escuyer
qui ont tour à tour fixé notre attention avant le
souper, et que nous avons perdus de vue depuis
déjà longtemps ? Il ne sera pas inutile de le dire.

Le grand escuyer avait ouvert le jeu avec

Mgr le comte de Vendôme par une partie d'é-
checs qui fixait l'attention du prieur de Saint-
Martin, du grand veneur, du capitaine châtelain
de Montoire invité à la fête, et de quelques chevaliers.

Quant au sire d'Aurignac, si nous n'avions
égard qu'à sa passion dominante que nous connaissons, c'est autour des tables de jeu que nous
irions aussi le chercher. Mais d'autres préoccupations le tenaient en ce moment. Assis au
pied de Mme Catherine, il devisait avec elle,
mettant en jeu toutes les ressources de son esprit
pour captiver sa bienveillance. Il avait déjà parlé
joutes et tournois, rappelé les exploits des paladins, et flétri la tendance de l'époque à rire des
chevaliers errants. Et Mme Catherine l'avait
approuvé de tout point. Bientôt il trouva moyen
de diriger la conversation sur des sujets qui
pouvaient rappeler à la parente des comtes de
la Marche, et ses douleurs de famille et ses espérances de jeune fille si tristement déçues. Sans
allusion directe, il eut l'art de flatter ses sentiments, en même temps qu'il excitait son émotion.

Déjà prévenue en faveur du sire d'Aurignac,
par la ressemblance qu'il avait avec le sire de
Cosson, son ancien fiancé Mme Catherine
se sentit subjuguée par la conversation du che-

valier. Elle n'eut plus que de l'indulgence pour
ses vices, qu'elle connaissait, et se surprit
même, à désirer pour la pauvre Blanche, la main
de cet homme dont le cœur lui semblait grand,
noble et généreux.

Incapable de dissimuler sa pensée et entraînée
par un mouvement d'expansion irréfléchi :

— Ah ! Messire, dit elle, que vous connaissez
bien et le cœur humain et les tristes tendances
de notre époque ! Combien je souhaiterais à
cette jeune damoiselle qui cause avec Mᵐᵉ Jeanne,
de trouver un chevalier qui pensât comme vous !

— Mlle Blanche de Sourbec ? fit d'Aurignac.

— Elle-même, Messire. C'est un ange descendu sur la terre, un cœur d'or, une âme capable
de comprendre tous les beaux sentiments.

Et, continuant sur ce ton, Mme Catherine fit
le plus grand éloge de Blanche.

Le sire d'Aurignac était servi à souhaits par
les circonstances. Il n'eut garde de laisser passer
l'occasion, et, fort adroitement, il sut insinuer à
Mme Catherine qu'il était pénétré d'une profonde admiration pour cette jeune fille, dont les
vertus, plus que la beauté, avaient fait impression sur lui ; que, s'il ne se reconnaissait pas
indigne d'une damoiselle si parfaite, lui qui avait
cédé à de si fâcheux entraînements, il aurait osé,

peut-être, aspirer à sa main ; mais que l'honneur
et la délicatesse lui faisaient un devoir de chasser
jusqu'à l'ombre d'une semblable pensée.

— Il ne manquera pas de chevaliers sans reproches pour briguer un si grand bien, ajouta-t-il
hypocritement. A celui qui n'a su se vaincre dans
d'irrésistibles circonstances, il ne doit rester que
l'isolement et les regrets !...

Touchée de cette élévation de sentiment qui
correspondait si bien à l'idéal qu'elle se faisait
déjà du sire d'Aurignac, Mme Catherine s'appli-
qua à consoler le chevalier et à relever ses
espérances.

— La jeunesse, lui dit-elle, est trop souvent victime de son inexpérience ; mais celui qui déteste
ses erreurs n'a pas besoin d'autres titres pour se
les faire pardonner.

Et poursuivant le développement de cette pen
sée, elle en vint presque à dire ouvertement,
que nul, plus que le sire d'Aurignac, n'était digne
de la main de cet ange, qu'elle voudrait voir si
heureuse.

Nous ne savons comment se serait terminée
cette conversation qui répondait de tous points
aux projets du chevalier, si elle n'avait été inter-
rompue par une dame qui, devisant chevalerie
avec quelques seigneurs, en appela au sentiment

9

de Mme Catherine pour résoudre un point controversé.

Du reste de la soirée, il ne fut plus possible au sire d'Aurignac de reprendre un entretien que des circonstances toutes fortuites avaient pu seules favoriser à ce point; mais il savait ce qu'il voulait savoir, et il était sûr désormais d'avoir l'appui qu'il désirait. C'était déjà beaucoup de chemin fait en peu de temps. Il se consola donc et chercha à s'approcher de Blanche, qui, depuis la fin du repas, était assise près de la *chaire* (1) de Mme Jeanne. Mais la comtesse douairière était entourée d'une petite cour choisie, à laquelle il n'osa se mêler.

Il en fut tout autrement du grand escuyer. Dès qu'il eut été battu dans sa partie d'échecs, par le comte, qui jouait fort bien, il se dirigea vers la comtesse douairière, et, après l'avoir profondément saluée, il s'excusa de n'avoir pu trouver, dans une journée si exactement remplie, un seul instant pour lui présenter ses hommages. Mme Jeanne lui répondit par quelques-unes de

(1) Nous avons déjà vu que la *chaire* était un grand fauteuil d'honneur, placé d'ordinaire dans la ruelle du lit; mais on se servait aussi de *chaires* dans les grandes salles et même à table. Celles-ci étaient souvent ornées d'un das. Elles étaient réservées au seigneur exclusivement, et c'est ici par une suite de la vénération et du respect dont le comte de Vendôme entourait sa mère, que nous voyons Mme Jeanne partager avec lui ce privilège.

ces paroles à la fois dignes et gracieuses dont elle avait le secret. Elle tenait en grande estime le sire de Ginesti, et comptait sur sa fidélité plus que sur toute autre au monde.

Aussi ajouta-t-elle du ton le plus aimable, en lui désignant un *escabeau* (1) :

— Monseigneur, s'il vous plaisait de prendre part à notre conversation, nous en serions charmée ; car nul plus que vous n'est digne de cet honneur.

Le grand escuyer s'inclina, et passant devant Blanche pour prendre place sur l'escabeau, il salua avec une grâce respectueuse qui n'échappa point à la jeune fille ; puis il s'assit.

— Contez-nous donc, Monseigneur, dit aussitôt après Mme Jeanne, ce qui vous est arrivé dans votre promenade, et le danger que vous avez couru.

Tout le monde ignorait encore l'aventure du grand escuyer, à laquelle le souper avait fait si vite diversion. Il y eut donc un mouvement de surprise dans le cercle de Mme Jeanne. Blanche n'en fut pas exempte, et à ce mot de danger, ses yeux se portèrent avec une sollicitude instinctive sur le sire de Ginesti.

(2) L'*escabeau* était un petit siège plus bas que le banc et la chaise. On s'en servait pour causer avec les dames.

Le grand escuyer assura la comtesse douairière que ses jours n'avaient point été en péril, et il raconta avec beaucoup de simplicité l'aventure que nous connaissons.

— Vous avez été bien imprudent, Monseigneur, dit Mme Jeanne ; mais je n'ose vous en faire de reproches. Il est trop flatteur pour notre bon château de Lavardin que vous ayez gardé si doux souvenir du premier séjour que vous y fîtes. Vous y étiez alors choyé comme un enfant dont l'esprit et la grâce charmaient tout le monde. Vous le serez à présent comme un brave et loyal chevalier que chacun tient en estime, et j'espère qu'il ne vous en restera pas un moins bon souvenir.

— Ah ! Madame, répondit le sire de Ginesti, votre indulgence me rend confus. Les souvenirs d'enfance sont doux au cœur ; mais c'est une fleur dont la tige est rompue et qui ne garde que son parfum. Les souvenirs de l'âge mûr, c'est une plante dont les racines deviennent toujours plus profondes et dont la tige ne se rompt qu'avec notre dernier soupir.

— Vous êtes aimable, Monseigneur. Cependant, il est, ce me semble, des souvenirs d'enfance dont la tige reste bien vivace encore, même dans les derniersurs de jo la vie.

— Ceux d'une mère qu'on a perdue ! interrompit vivement le sire de Ginesti. Oh ! vous avez raison, Madame ; mais ceux-là, c'est plus que souvenirs, c'est la vie !...

A ce mot du sire de Ginesti, Blanche se sentit tout émue. Comme un éclair, les vers du jeune page de Charles VII se présentèrent à son esprit ; mais elle avait à peine eu le temps de s'y arrêter, que le grand escuyer, en homme plein de savoir-vivre, se hâta de diriger la conversation vers des sujets moins tristes et moins personnels. Il avait beaucoup vu. Il raconta maintes aventures qui, grâce à l'esprit fin et délicat dont il sut les entourer, charmèrent le cercle de Mme Jeanne.

XVI

LES ÉMISSAIRES SECRETS.

Une partie de la soirée s'était écoulée, et le sonneur avait déjà frappé la 17e heure (1). On apporta de nouveau les épices, qu'on servait alors, non-seulement à la fin des repas comme nous l'avons vu, mais encore en guise de rafraîchissements, durant les réunions du soir. On

(2) Onze heures du soir.

servit aussi quelques *vins herbés,* sans oublier le clairet.

Un redoublement de gaieté courut alors d'un groupe à l'autre. Mais tout à coup il se fit un silence solennel. Le comte de Vendôme venait de frapper sur sa table de jeu pour annoncer l'entrée d'un *ménestrel.*

Les *ménestrels* étaient, d'ordinaire, des musiciens qui composaient les mélodies pour les poésies des troubadours et des trouvères; quelquefois cependant, ils faisaient eux-mêmes des poésies et les chantaient accompagnés par des *jongleurs.* On leur donnait alors plus particulièrement le nom de *chanterres.*

Notre *ménestrel* appartenait à cette dernière catégorie, et il avait acquis assez de renom pour se croire l'égal de Rutebœuf, un des *chanterres* les plus célèbres, et l'auteur du *jeu* que nous avons vu exécuter pendant le repas.

Il s'avança vers le comte suivi de deux *jongleurs,* et le salua cérémonieusement. Puis, se plaçant dans un espace laissé vide au milieu de la salle, il se redressa avec emphase et porta des regards investigateurs sur son auditoire. Quand il fut assuré du silence le plus complet, il fit un léger signe aux deux *jongleurs,* qui commencèrent un prélude sur la harpe et la flute.

Le *chanterre* y mêla d'abord quelques mots, qui étaient comme l'exposé de sa pièce, et bientôt, d'une voix claire, dont les modulations douces et faciles rappelaient les voix méridionales, il se mit à chanter le Languedoc qui l'avait vu naître, les *Gestes* (1) poétiques des troubadours languedociens, Toulouse la capitale du Languedoc la *cité palladienne*, comme on l'appelait alors, et le *Collége de la gaie science* (2), qui y avait été fondé dans le xiiie siècle. S'exaltant de plus en plus, il représenta les poëtes comme les véritables rois, puisqu'ils régnaient sur les intelligences et se redressant avec orgueil, il rappela le trait de Marguerite d'Ecosse, épouse du Dauphin, depuis Louis XI, qui, voyant le célèbre Alain Chartier endormi sur un banc, s'approcha sans l'éveiller, et lui donna devant toute sa suite un baiser sur la bouche, pour marquer le cas qu'elle faisait de cette bouche d'où étaient sortis tant de beaux vers.

Malgré la suffisance du *chanterre* et l'impertinence de ses allures, ses vers étaient si poétiques, les mélodies dont il les accompagnait si

(1) *Gestes* était synonyme *d'exploits*.
(2) Ce *Collége de la gaie science* était une sorte d'académie, dans laquelle des prix étaient donnés aux meilleures poésies. Cet établissement, un peu tombé en désuétude, fut renouvelé, en 1490, par Clémence Isaure, sous le nom de *Jeux floraux*, parce que des fleurs d'or et d'argent étaient distribuées aux vainqueurs. Les *Jeux floraux* existent encore à Toulouse.

gracieuses, et sa voix si belle, qu'on l'écoutait avec un grand plaisir.

Il avait fini les chants de sa composition et commencé la *chanson des gestes* (1) *de Renaud de Montauban*, un de nos plus anciens poëmes nationaux, lorsqu'un incident vint l'interrompre.

L'orage, qui semblait s'être dissipé dans l'après-dîner, avait en effet recommencé avec une nouvelle force depuis quelques instants, et, après de longs roulements qui s'étaient succédé d'une manière effrayante, la foudre venait de tomber avec fracas sur une des *échauguettes* de la troisième enceinte qu'elle avait renversée, sans blesser, heureusement, l'archer qui l'occupait.

La commotion avait été vivement ressentie dans le donjon, et elle y avait produit parmi les dames une grande frayeur. Cependant on écoutait encore le *chanterre*; mais lorsqu'un sergent fit demander le capitaine châtelain, et qu'après un instant, celui-ci vint rapporter au comte de Vendôme ce qui était arrivé, la chanson de Renaud ne fut plus écoutée, et chacun se mit à causer de l'accident.

Profitant alors du tumulte qui régnait dans la salle, le *chanterre* quitta sa place, et, se diri-

(1) On appelait ainsi les poëmes traitant des actions de nos anciens héros.

geant vers le sire d'Aurignac, il lui glissa à demi-
voix, en passant, deux mots, que le chevalier
reconnut pour les mots de passe des émissaires
secrets du roi.

Ainsi averti, le sire d'Aurignac se sépara
sans affectation des groupes animés auxquels il
se trouvait mêlé, et le *chanterre*, en repassant,
lui glissa de nouveau quelques paroles significa-
tives :

— Ce soir, peut-être; demain, sûrement,
ajouta-t-il sans s'arrêter. Observez ; Timalko le
bohémien portera votre message.

Cela dit, le *chanterre*, voyant entrer et sortir
des chevaliers et des escuyers, et comprenant
bien que l'agitation ne cesserait pas de sitôt,
prit le parti de se retirer avec ses *jongleurs*. Le
comte de Vendôme, le voyant sortir, le rappela

— Mon beau *chanterre*, lui dit-il, demeurez,
s'il vous plaît. L'accident a fait heureusement plus de peur que de mal, et l'orage semble
fini. Chantez-nous quelque joyeuse ballade pour
nous remettre en bonne humeur.

Le *chanterre* ne se le fit pas répéter, et reprenant sa place, il entonna une ballade de sa composition, dans laquelle étaient très-finement tournés en ridicule le roi Louis XI et le duc de Bourgogne. Les dames et les chevaliers commen-.

9.

çaient à rire ; mais le comte prenant la parole :

— Le roi Louis XI est mon souverain, dit-il sévèrement au *chanterre* ; et je ne souffrirai pas qu'il soit, chez moi, un objet de dérision. Choisissez, s'il vous plaît, une autre ballade.

Le *chanterre* se pinça les lèvres et obéit. Il entonna donc un chant léger et plein de fraîcheur, dans lequel il comparait les dames brunes et blondes, aux diverses fleurs qui ornent un parterre. Ce morceau, plein de délicatesse et d'allusions flatteuses pour le beau sexe, fut vivement applaudi de tous les seigneurs, et leur fournit l'occasion de renchérir en galanterie, ce qu'autorisaient les habitudes de l'époque.

Le *chanterre* avait à peine fini, que le capitaine châtelain sorti pour les affaires du service, rentra, et se penchant à l'oreille du comte, lui dit quelques mots à demi-voix.

— Qu'on abaisse les ponts-levis et qu'on le fasse entrer, dit le comte ; je vais tout disposer pour sa réception.

Se tournant ensuite vers les dames :

— Mesdames, dit-il, je vous annonce une visite rare par le temps qui court. Un chevalier errant me fait demander l'hospitalité. Nous allons le traiter comme faisaient nos pères, avec toute sorte de courtoisie.

Se tournant ensuite vers le sire de Ginesti :

—C'est vous, Monseigneur, que je charge, avec mon premier escuyer, de l'aller recevoir. Il doit avoir essuyé toute la violence de l'orage. Veillez à ce qu'il lui soit donné tout ce dont il a besoin. Vous nous l'amènerez ensuite, si tel est son bon plaisir.

Le sire de Ginesti sortit.

Le *chanterre* avait fini son intermède. Il salua donc le comte de Vendôme, comme il l'avait fait en entrant, et sortit aussi ; mais, en se dirigeant vers la porte, il s'arrangea de manière à passer près du sire d'Aurignac.

—C'est lui : veillez ; lui dit-il à voix basse ; et il disparut.

Cependant la nouvelle de l'arrivée d'un chevalier errant avait vivement piqué la curiosité des dames. A la fin du xve siècle, ce genre de profession avait beaucoup perdu de son prestige, quoique a chevalerie fût encore florissante, et les chevaliers errants étaient assez rares pour que peu de personnes en eussent vu. Les dames se mirent donc à deviser sur tout ce qu'elles en pouvaient savoir. La plupart ne puisaient leur science que dans les romans de chevalerie dont les souvenirs leur restaient.

Un petit nombre cependant pouvaient parler

de visu. Mme Catherine, entre autres, que le mot
de chevalier errant avait fait tressaillir, et qui
était une des plus animées dans la conversation,
se sentait heureuse de pouvoir raconter les visites de quelques chevaliers errants qu'elle avait vus
venir autrefois dans le château de ses pères.

Quant aux hommes, il ne disaient mot. Les
excentricités des chercheurs d'aventures auraient
peut-être provoqué de leur part quelques traits
caustiques et malins, tels qu'on se les permettait
volontiers déjà à cette époque ; mais le comte de
Vendôme, dans l'intention sans doute de les
prévenir, avait manifesté trop haut ses sentiments, pour que la moindre réflexion fût per-
mise.

Les dames seules continuèrent donc à parler
chevalerie, et sur un mot du comte, les tables
de jeu s'organisèrent de nouveau.

Pendant que les choses se passaient ainsi
dans la grande salle du donjon, le sire de Ginesti,
suivi du premier escuyer de Monseigneur le
comte de Vendôme, était allé recevoir le chevalier errant.

Après lui avoir donné l'accolade, il s'apprêtait
à le conduire avec son escuyer dans les appartements de la troisième enceinte, lorsque le chevalier errant témoigna le désir de voir de près

les soins donnés à son cheval, magnifique bête de race limousine à laquelle il tenait beaucoup.

Le sire de Ginesti le conduisit donc dans l'écurie, et le la issant avec le premier escuyer, il sortit sur la porte un instant.

L'orage était complétement passé ; cependant de gros nuages couraient encore dans le ciel, voilant de temps en temps la lune alors dans son plein.

A cette heure avancée de la nuit, rien ne troublait d'ordinaire le silence du château. Mais le comte avait voulu que tout le monde fêtât son retour, et l'on entendait encore causer, rire et chanter les hommes d'armes qui attendaient le coup de la dix-neuvième heure (1) pour se coucher.

Le sire de Ginesti ne semblait pas observer ces bruits, lorsqu'un chant particulier vint appeler son attention. Il partait d'un hangar placé contre le bâtiment réservé aux arbalétriers, et le grand escuyer put distinguer parfaitement cette vieille ballade populaire du Limousin :

> Monsieur Saint Marsa
> Nostre bon fondatour,
> Prega per nous nostre Seignour
> Qu'il veilla garda

(1) Une heure du matin.

> Nostra castagna,
> Nostra raba,
> Nostra fenna, (1).

Ce souvenir inattendu de son pays émut singulièrement le sire de Ginesti. Il se dirigea vers le hangar. Celui qui chantait était un sergent d'arbalétriers, occupé à serrer quelques hardes dans un gros linge de chanvre.

— Tu es Limousin, si je ne me trompe, lui dit le grand escuyer.

— Oui, Monseigneur, pour vous servir, répondit le sergent en portant deux doigts à son bonnet (2).

— Depuis combien de temps es-tu au service du comte de Vendôme ?

— Depuis cinq ans; mais mon engagement finit demain, et je vais revoir notre bon pays.

— Pourquoi partir ainsi; as-tu donc quelque sujet de te plaindre ?

— Non, Monseigneur ; mais il se passe ici des choses qui ne conviennent point à Jean le Bègue votre humble serviteur.

(1) Monsieur saint Martial,
Notre saint fondateur dans la foi)
Priez pour nous notre Seigneur
Qu'il veuille garder
Notre châtaigne,
Notre rave,
Notre femme.

(2) Les soldats saluaient alors comme aujourd'hui, seulement c'étaient deux doigts, au lieu de la main tout entière qu'ils portaient à leur tête.

— Que se passe-t-il donc ? fit le sire de Ginesti.

— Monseigneur, il ne fait pas meilleur les dire que les faire.

Aussi, je me retire.

— Tu ne te retireras point ainsi. Tu es encore ce soir au service de Mgr le comte, et assujetti à la discipline du château. Tu vas donc te rendre immédiatement chez le capitaine châtelain, et tu m'y attendras.

— Oh! Monseigneur, je vous en supplie! s'écria Jean le Bègue.

— Tu m'as entendu, dit le grand escuyer.

Et il fut rejoindre le chevalier errant, avec lequel il se dirigea aussitôt vers les appartements des étrangers.

XVII

UNE TRAME DÉVOILÉE.

On avait allumé un grand feu dans la chambre destinée au chevalier errant, et quatre varlets l'y attendaient. Dès qu'il y entra, on lui servit un hanap plein d'un vieux vin de Roussillon qui aurait fait revenir un mort. Il le savoura à longs traits, et son premier soin fut ensuite de se débarrasser de son armure.

Le sire de Ginesti l'aida avec la plus gracieuse courtoisie, pendant que dans une chambre voisine, le premier escuyer rendait le même office à l'escuyer du chevalier.

Cela fait, le chevalier errant quitta ses habits, tout trempés par l'orage, puis il s'approcha du feu pour remettre ses membres meurtris par l'humidité et le poids de l'armure qu'ils avaient portée.

Le sire de Ginesti entoura le nouvel hôte du château de tous les soins possibles, le traitan avec la plus grande déférence. Il ne se permit avec lui aucune question qui pût directement ou indirectement tendre à découvrir son nom, son pays, et le lieu d'où il venait; car il était d'usage d'en agir ainsi avec les chevaliers errants, et de respecter en tout leur incognito.

Cependant, nous devons le dire, le sire de Ginesti était aiguillonné par une curiosité secrète qui aurait saisi avec empressement tout moyen loyal de se satisfaire. L'heure avancée de l'arrivée du chevalier; son équipement, plus beau que ne l'était d'ordinaire celui des hommes de sa profession; l'état de sa monture, qui, toute vigoureuse qu'elle paraissait, était harassée d fatigue et blanche d'écume, comme si elle avait fourni une course démesurée : tout cela intri-

guait le grand escuyer. Il avait aussi été frappé,
dès le premier abord, de l'accent bourguignon
du chevalier errant. Mais, nous le répétons, il ne
se permit pas la plus petite question.

Lorsque le chevalier errant eut témoigné qu'il
se sentait remis par l'action bienfaisante de la
chaleur, le sire de Ginesti s'empressa de prendre ses ordres.

Le chevalier demanda à présenter ses hommages au comte de Vendôme, ainsi qu'à la comtesse sa femme et à la comtesse douairière sa
mère, témoignant qu'il désirerait se retirer ensuite dans son appartement pour se reposer de
la fatigue qui l'accablait.

Un varlet, dépêché tout aussitôt vers le comte de Vendôme, revint un instant après, dire que
sa seigneurie serait bien aise de recevoir son
nouvel hôte et qu'elle l'attendait.

Le chevalier errant se dirigea donc avec le
sire de Ginesti vers la grande salle, où tout
avait été promptement disposé pour une réception solennelle.

Dès qu'il y fut entré, il s'avança vers le comte de Vendôme et s'inclina profondément; puis
mettant un genou en terre devant la comtesse
Isabelle et devant la comtesse douairière, il baisa avec respect la main qu'elles lui présentaient.

— Soyez le bienvenu, sire chevalier, lui dit
ensuite le comte de Vendôme, en se levant et
lui donnant l'accolade ; qui que vous soyez, mon
château est le vôtre, et tant que vous serez sous
mon toit, vous trouverez non seulement loyale
hospitalité, mais encore aide et secours contre
tous.

Le chevalier errant se confondit en témoignages de reconnaissance et demanda la permission de ne point se faire connaître. Comme ceux
qui faisaient profession de chevalerie errante en
agissaient souvent ainsi, la chose parut toute
naturelle, et le comte de Vendôme assura son
hôte que tant qu'il voudrait rester près de lui,
son secret serait religieusement respecté.

Le chevalier s'excusa ensuite sur sa grande
fatigue, et saluant de nouveau le comte ainsi
que la comtesse douairière, il se retira, accompagné du sire de Ginesti.

Le sire d'Aurignac s'était arrangé de manière
à se trouver près de la porte sur le passage du
chevalier. Saisissant le moment où le sire de Ginesti adressait quelques paroles à un varlet, il glissa deux mots à voix basse à l'oreille du chevalier.

Celui-ci se retourna tout étonné.

Ces deux mots étaient les mots de passe des

émissaires du duc de Bourgogne ; mais, se remettant aussitôt de sa surprise, le chevalier errant détourna la tête et disparut.

Le sire de Ginesti avait hâte de voir finir tout
ce cérémonial, pour aller retrouver Jean le Bègue, dont les étranges paroles avaient éveillé en
lui de sérieuses réflexions.

Dès qu'il eut reconduit le chevalier dans son
appartement, il donna des ordres pour qu'il lui
fût servi une collation, ainsi qu'à son escuyer,
et le laissant aux soins du premier escuyer de
Monseigneur de Vendôme, il s'excusa sur les
besoins de son service et se retira.

Quelque secondes s'étaient à peine écoulées,
que le sire de Ginesti entrait dans la salle basse du capitaine chatelain, où nuit et jour se tenaient deux sergents de planton, prêts à recevoir et à porter les ordres de service.

Jean le Bègue y attendait le grand escuyer.
Dès qu'il le vit entrer, il sentit son cœur battre
avec une grande violence, comme s'il se fût a g
pour lui d'une affaire capitale, et il fut prêt à se
précipiter aux pieds du grand escuyer pour lui
demander grâce ; mais le sire de Ginesti ne lui en
laissa pas le temps. Ayant d'un signe fait sortir
les deux sergents :

— Ferme soigneusement la porte. dit-il à Jean
le Bègue.

Puis s'asseyant, et dirigeant vers le Limousin des regards investigateurs :

— Explique-toi, lui dit-il à demi-voix, et avec un accent persuasif ; quelles sont les choses qui se passent ici, et comment peuvent-elles te contraindre à quitter le service du meilleur de tous les maîtres ?

— Monseigneur, dit Jean le Bègue, plus mort que vif, j'ai encore ma vieille mère qui n'a plus que moi d'enfant ; car ma sœur est morte il y a un an à peine. Je veux lui rendre les soins que j'en ai reçus et lui fermer les yeux, si Dieu me l'enlève.

— Ces sentiments sont louables ; mais ils ne sont pas les seuls qui te fassent agir. Il n'y a là aucun rapport d'ailleurs avec ces choses *qu'il ne fait pas meilleur dire que faire*, selon ton expression.

Le Limousin restait interdit, sans proférer une parole.

— Tu n'es pas arrivé à ton grade de sergent sans avoir donné des gages de fidélité, poursuivit le grand escuyer. Tu as de l'honneur, Jean ; car il n'est pas nécessaire d'être chevalier pour en avoir. Au nom de cette fidélité, au nom de cet honneur, je t'adjure de me dire la vérité... — Tu caches ta tête dans tes mains ? Tu as peut-

être commis quelque faute qui arrête tes révélation ? Si cette faute est rémissible, je te jure ici,
par la Sainte-Larme de Vendôme, qu'elle restera
secrète, pourvu que tu parles.

— Ah! Monseigneur, s'écria enfin le Limousin, ce n'est pas là ce qui retient mes paroles.
Aussi bien étais-je presque déterminé à ne pas
quitter le château de Lavardin sans demander à
Monseigneur le comte, un entretien secret.

— Si c'est pour lui que tu réserves tes révélations, je te ménagerai une entrevue secrète cette nuit même avec Monseigneur le comte.

— Dieu me préserve, Monseigneur, de n'avoir
pas en votre seigneurie la même confiance qu'en
Monseigneur de Vendôme. C'est le village de
Droux, dans le Limousin, qui m'a vu naître.
Vous en êtes le seigneur, et je suis votre vassal.

— Si tu es mon vassal, je t'écouterai comme
un père : parle.

Mettant toute hésitation de côté, Jean le Bègue
raconta alors comment il avait été circonvenu
par Pierre Maillé ; car il etait ce sergent d'arbalétriers dont le Gascon avait annoncé la captu-
re au sire d'Aurignac.

Jean le Bègue, ne soupçonnant nullement
une perfidie, avait cru d'abord qu'il s'agissait
simplement pour lui de passer au service militai-

re du roi Louis XI, ce qui avait flatté son amour-propre et tenté quelque peu son ambition. Mais les ouvertures de Pierre Maillé étant un jour devenues plus précises, Jean le Bègue avait paru surpris ; sur quoi le Gascon s'était écrié qu'il était maintenant trop tard pour reculer, et que Jean le Bègue avait à choisir entre la potence ou le service du roi.

Le Limousin, brave soldat, mais faible de caractère n'avait osé résister ouvertement. Il avait feint d'entrer dans les idées du Gascon ; mais il s'était arrangé pour profiter de l'expiration de son congé et quitter le service du comte, espérant échapper ainsi aux obsessions et aux poursuites de Pierre Maillé.

Le sire de Ginesti demeura anéanti à la découverte de cette trame qui menaçait d'atteindre le comte Jean dans la retraite assurée qu'il s'était choisie, et malgré les fidèles serviteurs dont il était entouré. Il s'assura par une foule de questions, que Jean le Bègue lui disait la vérité ; mais il vit avec douleur que si la trahison était certaine, il lui était impossible de savoir jusqu'où elle s'étendait, et par quels fils mystérieux elle se rattachait au roi.

Sa première pensée fut de faire saisir Pierre Maillé, de le faire jeter dans un cachot et de

donner aussitôt connaissance au comte Jean de
ce qui se passait. Mais craignant d'augmenter
les dangers de la situation, en même temps qu'il
se priverait des moyens de pénétrer plus avant
dans le complot, il résolut de dissimuler, même
à l'égard du comte, jusqu'à ce qu'il sut mieux à
quoi s'en tenir.

— Ton devoir était de révéler tout de suite la
trahison, dit-il à Jean le Bègue. Tu es coupable
de ne l'avoir point fait; mais je te pardonne si
tu veux aider à réparer ta faute. Il ne peut être
désormais question de ton départ. Tu vas rester,
accepter franchement en apparence les ouvertures de Pierre Maillé, et t'insinuer si bien dans
ses bonnes grâces qu'il te livre les noms des
traîtres et les fils du complot.

— Oh ! Monseigneur, je vous en supplie, choisissez un autre que moi pour ce rôle difficile;
j'en suis incapable, et vous demande en grâce de
me renvoyer à ma vieille mère qui a besoin de
mes soins.

— Ta vieille mère sera soignée; j'y veillerai.
Mais tu dois ton dévouement à Monseigneur le
comte de Vendôme en réparation de ta faute, et
à moi ton obéissance comme à ton seigneur. Nul
autre que moi ne connaîtra le secret que tu viens
de me confier; nul autre ne saura non plus que

le complot existe. C'est entre toi et moi, jusqu'au moment où, maître de la conspiration, il sera possible de la déjouer.

Non sans hésitation et sans avoir besoin d'être rassuré au sujet des vengeances du roi Louis XI, Jean le Bègue se détermina enfin à rester au château, et promit de rendre mystérieusement compte au grand escuyer de tout ce qu'il apprendrait.

— Puis-je compter sur toi sans réserve, lui dit alors le sire Ginesti.

— Sans réserve, Monseigneur ; sur le salut de mon âme et ma part du paradis, je remplirai fidèlement l'engagement que je prends. La chose n'est peut-être pas sans danger ; mais que Dieu me garde. Dussé-je y périr, je ferai mon devoir jusqu'au bout.

— Fort bien ; tu es un brave et digne soldat, et je ne t'oublierai pas.

Cela dit, le sire de Ginesti congédia Jean le Bègue et sortit.

Il se dirigeait vers le donjon, lorsqu'il rencontra le prieur de Saint-Martin de Lavardin qui se retirait avec le curé et le vicaire de la paroisse. Il les accompagna. Comme il revenait du prieuré avec le curé et le vicaire qui avaient aussi voulu tenir compagnie au prieur, le curé entendant quelque bruit dans une maison devant laquelle il passait, s'arréta préoccupé :

— J'ai là, dit-il, un pauvre malade rongé de plaies dégoûtantes, que personne n'ose soigner · permettez-moi d'entrer pour savoir s'il ne se trouverait pas plus mal.

Disant cela, il frappa doucement à la porte qui s'ouvrit, et il entra. Le curé comptait faire seul sa visite, mais le grand escuyer voulut voir aussi le malade, et il fut vivement touché de son état.

— Monsieur le curé, dit-il, c'est le bon Dieu qui m'envoie. J'ai quelque connaissance dans l'art de soigner les plaies ; je n'abandonnerai pas ce pauvre homme.

Puis il prodigua les consolations et les encouragements au malade qui, fondant en larmes, ne savait qu'étendre les mains pour le bénir.

L'heure étant fort avancée, le sire de Ginesti se retira en ajournant sa visite à la pointe du jour.

Rentré dans la grande salle du donjon, le grand escuyer trouva qu'on était en sérieux colloque. Il s'agissait d'organiser une chasse à la bête pour le lendemain, et les avis étaient partagés ; car plusieurs craignaient qu'après les deux orages de la journée, la terre ne fût bien détrempée et le temps peu sûr.

10

On voulut avoir l'avis du sire de Ginesti. Il proposa un moyen terme qui consistait à ne partir pour la chasse que vers la cinquième ou la sixième heure (1), après que la terre se serait séchée, et qu'on aurait pu juger des espérances de la journée. Le comte de Vendôme se rangea de l'avis du grand escuyer, et tout le monde en fit bientôt autant. La chasse fut donc arrêtée pour le lendemain, au grand contentement de Blanche, qui, dans son expansion, serrait les mains de Mme de Beauveau et lui prodiguait mille caresses.

Le sonneur venait de frapper la vingtième heure (2). On servit une dernière fois les épices, puis chacun se retira.

XVIII

LE LENDEMAIN.

Agité par les révélations de Jean le Bègue, le grand escuyer ne dormit pas de la nuit. Tous les événements, toutes les circonstances qui, depuis un temps plus ou moins éloigné, pouvaient laisser quelque champ aux interprétations, furent de sa part l'objet d'un examen particu-

(1 Onze heures ou midi.
(2) Deux heures du matin.

lier. Il ne lui échappa point que l'enrôlement de
Pierre Maillé avait été arraché au consentement
du comte Jean par le sire d'Aurignac, qui avait
répondu de lui ; son aventure personnelle avec
les bohémiens et les paroles de leur chef qui,
parfaitement fixé sur le nom et le caractère du
grand escuyer, avait évidemment cherché à
sonder ses dispositions et sa fidélité, furent également pour lui un trait de lumière. Il ne mit
point en doute que ces bohémiens, dont le roi
Louis XI avait si souvent employé les pareils,
tout en les pourchassant comme des bêtes fauves, ne fussent venus s'établir près de Lavardin
pour y entretenir ou y lier des intelligences.
Mais en dehors de ces points parfaitement éta-
blis, il lui fut impossible d'arriver à autre chose
qu'à des soupçons qui risquaient fort de tomber
sur des innocents. Comprenant bien alors que
dans l'état de surexcitation croissante où il
était, il fallait couper court à ces investigations,
il résolut de se borner, jusqu'à nouvel ordre, au
rôle d'observateur attentif.

Les quelques heures de nuit qu'avait à peine
laissées la soirée du comte de Vendôme, s'étaient
ainsi écoulées pour le sire de Ginesti, et déjà les
premières lueurs de l'aurore se montraient à

travers les volets ajourés(1) de sa chambre. Il
se ressouvint du pauvre malade de Lavardin,
et se leva en toute hâte.

Saisissant ensuite dans sa valise de campagne
quelques instruments destinés à soigner les
plaies, ainsi que du linge, de la charpie et quelques onguents, (2) il se dirigea vers une poterne
basse dont le comte, le capitaine châtelain et
lui, avaient seuls la clé. Quelques instants après,
il se trouvait près du malade, qui se nommait
Simon, et que dans le village, par une allusion
énergique à son état, on appelait Simon le
pourri.

Le premier soin du sire de Ginesti fut d'examiner une à une toutes les plaies qui couvraient
le malheureux. Ce ne fut point chose facile ; car
les linges dont on se bornait à les envelopper
de temps en temps, adhéraient souvent à la chair
vive, et ne pouvait être enlevés qu'avec mille
précautions. En outre, l'odeur infecte et nauséa-
bonde qui s'échappait de cette pourriture, était
telle, que, malgré son énergie, le sire de Ginesti se vit plusieurs fois obligé d'interrompre sa
besogne pour respirer du vinaigre. Enfin, il en
put venir à bout, et après avoir lavé chaque

(1) Les volets étaient presque toujours percés à jour à cette
époque.
(2) Il n'était pas rare alors de voir des chevaliers connaissant
la vertu des simples et possédant l'art de soigner les blessures.

plaie, il se mit à les panser toutes avec le plus grand soin.

Rien n'égalait l'adresse et la dextérité du sire de Ginesti, si ce n'est l'admirable simplicité et la charité toute chrétienne qu'il mettait dans son action héroïque. Il consolait le patient, l'encourageait et relevait ses espérances éteintes. La femme de Simon, qui aidait de son mieux le grand escuyer, avait aussi sa part de bonnes paroles, et plusieurs fois il arriva qu'elle eut aussi sa part de soins ; car sous la double influence des souffrances morales qu'elle endurait et de l'air méphitique qu'elle respirait, elle fut sur le point de s'évanouir. Il n'était pas jusqu'à la petite fille du malade, qui ne reçut aussi des consolations appropriées à son âge. La pauvre enfant avait à peine une douzaine d'années. Elle pleurait à chaudes larmes et des souffrances de son père, et de ne pouvoir aider à le soigner ; car le sire de Ginesti l'avait jugée trop jeune pour cela. Le grand escuyer la raisonna si bien, qu'après s'être agenouillée devant sa madone pour faire une prière, elle revint se placer au chevet de son père, calme et silencieuse.

Le sire de Ginesti était sur le point de terminer le pansement. L'aide de la femme Simon ne lui étant plus nécessaire, il l'engagea à brû-

10.

ler du vinaigre sur une pelle qu'il avait eu soin
de faire rougir au feu afin de purifier l'air. On
joncha aussi la chambre de plantes aromatiques
et la mauvaise odeur parut dissipée.

Cette opération était terminée, et le sire de
Ginesti achevait de bander la dernière plaie du
malade, lorsque la porte de la chambre s'ouvrit
et livra le secret de ce qui se passait à deux
femmes, qui, saisies d'étonnement et d'admiration
s'arrêtèrent sur le seuil.

Le grand escuyer et la femme de Simon qui
l'aidait de nouveau, tournaient le dos à la porte.
Ils ne purent voir les personnes qui entraient.
Ils étaient d'ailleurs si absorbés que, dans tous
les cas, ils n'y auraient peut-être pas pris garde.
Simon, qui aurait pu voir quelque chose, ne quit-
tait pas des yeux les mains de son bienfaiteur.
La petite fille seule vit les deux femmes. Elle fit
un mouvement comme pour aller à elles; mais
sur un signe de la plus âgée, elle resta au chevet de son père et garda le silence.

Spectatrices des dernières phases de cette
scène admirable, les deux femmes purent faci-
lement deviner toutes les autres. Elles virent
les soins du sire de Ginesti; elles entendirent
ses paroles si douces, si pleine d'affection, que
le fils le plus dévoué n'en eût pas trouvé de

meilleures pour son père ; et leurs yeux se mouillè-
rent de larmes.

Tout était fini. Le grand escuyer s'était levé
pour arranger commodément le malade dans son
lit, lorsqu'en se retournant il aperçut derrière
lui la comtesse douairière de Vendôme et Mlle
Blanche de Sourbec. Sa surprise fut si grande
qu'il chancela sur lui-même. Se remettant de
son mieux, il se prosterna aux pieds de la comtesse douairière, la suppliant de lui pardonner
s'il était venu inconsidérement enlever l'occasion
d'un bienfait à son inépuisable charité.

La comtesse, trop émue pour prononcer une
parole, se contenta de donner sa main à baiser
au grand escuyer (1). Blanche, que tant de vertu
et de modestie transportait d'enthousiasme,
avança aussi sa main. Le sire de Ginesti la saisit, et pendant qu'il la baisait avec respect, la
jeune fille sentit qu'une larme venait la mouiller.
Une légère rougeur monta à ses joues, comme
si, dans cette larme, son cœur avait pu lire une
révélation.

Tout cela avait été l'affaire de quelques secondes, et Mme Jeanne prenant la parole :

— Monseigneur, dit-elle, je vous savais le
plus aimable, le plus brave et le plus fidèle des

(1) On sait qu'à cette époque c'était là une marque d'estime
qu'on donnait fréquemment aux chevaliers.

chevaliers, mais j'ignorais encore quel admirable trésor de vertus chrétiennes nous possédions en vous. Ce sera pour le comte, mon fils, une grande joie de l'apprendre, lui qui vous tient en estime plus que nul autre au monde.

Et par une de ces délicatesses qui lui étaient particulières, elle se hâta d'adresser la parole au malade, voulant éviter de prolonger pour le grand escuyer une situation que sa modestie devait lui faire trouver gênante.

Ce fut alors le tour de Blanche :

—Vous m'avez donné ici, Monseigneur, dit-elle, une leçon de charité que je n'oublierai de ma vie.

— Mademoiselle, répondit le sire de Ginesti, j'ai fait pour la première fois, ce que vous et Mme Jeanne veniez faire pour la centième fois peut-être. Lorsqu'on a sous les yeux des exemples comme ceux des seigneurs de Lavardin, c'est faire le plus simple de ses devoirs que de les suivre.

Blanche répondit que les vertus et la charité de Mme Jeanne ne pouvaient certainement être surpassées, mais que ses mérites ne nuisaient en rien à ceux que d'autres pouvaient acquérir.

Remarquant alors la petite fille de Simon, qui se tenait à l'écart, elle l'appela.

L'enfant s'approcha avec timidité. Blanche
lui prit familièrement la main, et la baisant au
front, lui demanda ce qu'elle pensait de ce noble chevalier qui venait de soigner si bien son
père.

L'enfant releva la tête avec vivacité, et fixant
ses jolis yeux sur le sire de Ginesti, elle s'é-
cria :

— Je pense que si le bon Dieu veut me donner
un mari, je le prierai pour qu'il me le donne
aussi bon et aussi compatissant que celui-ci.

La naïveté de la petite fille fit beaucoup rire
Blanche et Mme Jeanne qui, l'ayant entendu à
moitié, se la fit répéter.

Mme Jeanne se tournant ensuite vers le grand
escuyer :

— Monseigneur, dit-elle, vous avez tant fait
ici, qu'il ne reste plus rien à y faire. Serez-vous
assez bon pour nous reconduire au château?

Le grand escuyer s'inclina respectueusement
et l'on sortit au milieu des témoignages de reconnaissance du malade, de sa femme et de son
enfant.

Pendant le trajet, le sire de Ginesti, pour
éviter qu'il pût être fait aucune allusion à ce
qui venait de se passer, entretint la conversation avec une amabilité charmante. Ce soin in-

génieux de sa modestie, n'échappa ni à Mme Jeanne, ni à Blanche, et il augmenta encore la haute estime de ces dames.

Arrivé à la porte du donjon, le grand escuyer fit une profonde salutation, et se retira.

Mme Jeanne se dirigea vers son appartement; et comme Blanche semblait prête à la saluer pour se rendre dans le sien, la comtesse douairière lui dit avec un accent tout particulier :

— Venez avec moi, ma chère enfant, j'ai à vous parler.

Il serait difficile d'exprimer ce que la jeune fille comprit à travers ces simples paroles; mais son cœur accéléra tout à coup ses mouvements, comme s'il se fût agi pour elle de dévoiler le mystère de ses plus intimes impressions.

Entrée dans son appartement, Mme Jeanne s'assit sur son banquier, et attirant Blanche à elle sur un escabeau :

— Ma chère Blanche, dit-elle, que pensez-vous du mot de la petite fille au père Simon?

— Je pense, Madame, que ce qu'elle a dit, il n'est noble damoiselle qui ne le dît comme elle, répondit Mlle de Sourbec, sans hésiter.

— Vous savez combien je vous aime, Blanche, mon ange, et combien je voudrais vous savoir heureuse, poursuivit Mme Jeanne. Pardonnez donc si mes questions deviennent plus pressantes. Ce que toute noble damoiselle dirait, à votre avis, le diriez-vous aussi?

Blanche ne s'attendait pas à une question aussi directe. Elle rougit; mais relevant la tête avec une admirable expression de dignité :

— Oui, Madame, dit-elle, en laissant tomber ses paroles avec la solennité d'un arrêt.

Mme Jeanne la pressa sur son cœur et la baisa avec effusion.

Puis, comme prise d'une réflexion soudaine :

— Savez-vous, mon enfant, dit-elle, que le sire de Ginesti était déjà escuyer de Dunois lorsque vous veniez au monde?

— Ah! Madame, si ces quelques années lui ont valu tant de vertus, qui pourrait les regretter!

— Vous êtes un noble cœur, ma fille, s'écria Mme Jeanne.

Et se levant, avec le ton de la plus aimable familiarité, elle ajouta :

— Allez vous préparer pour la chasse, mon enfant; le temps est beau, et je suis sûre que Mme de Beauveau brûle déjà d'impatience.

Blanche salua la comtesse douairière et sortit.

INSIGNE PERFIDIE.

On s'étonnera peut-être que pendant cette nui
si agitée du sire de Ginesti, et au milieu des
pensées de toute sorte qui se présentaient à son
esprit, l'arrivée suspecte du chevalier errant
n'ait joué aucun rôle. Cet étonnement cessera,
lorsque nous dirons que le grand escuyer ne
pouvait en aucune manière prendre le change
à cette occasion.

A l'accent bourguignon du chevalier, il avait
tout de suite soupçonné en lui un émissaire caché
de Charles le Téméraire, cet implacable ennemi
du roi Louis XI. Les événements vinrent confir-
mer ses soupçons.

Pendant que le grand escuyer était à remplir
son œuvre de charité chez le père Simon, le
chevalier errant fit en effet demander une entrevue secrète au comte de Vendôme, et après lui
avoir avoué qu'il venait au nom du duc de Bourgogne, il lui représenta l'ignominie dont le roi
Louis s'était couvert par la mort de son frère
Charles, duc de Guienne, qui mettait le comble
à tous les griefs que lui reprochait déjà, à si
juste titre, la noblesse de son royaume.

S'indignant de voir la cause du malheureux prince sur le point d'être désertée par ceux qui avaient juré de le venger à tout prix, le chevalier annonça ensuite au comte l'intention de son maître de faire poursuivre à outrance le jugement des coupables, parmi lesquels il comprenait ouvertement le roi de France ; et, arrivant au but principal de sa mission, il finit par demander au comte de Vendôme s'il n'avait pas assez éprouvé personnellement l'ingratitude du monarque, pour se sentir au cœur quelque besoin de vengeance, ajoutant, que l'occasion était favorable, et qu'il devait la saisir.

Le comte de Vendôme répondit simplement qu'il ne connaissait pas de motifs assez puissants pour le porter à manquer de fidélité à son suzerain et à son roi ; et le chevalier, voyant que ni les promesses, ni les menaces ne pouvaient ébranler cette résolution, demanda au comte la permission de retourner sans plus tarder près de son maître.

Cette tentative infructueuse n'aurait certainement pas eu d'autres suites, si les événements fussent restés abandonnés à leur cours naturel ; mais il en devait être tout autrement, et la félonie du sire d'Aurignac sut l'exploiter à son avantage.

11

L'émissaire du duc de Bourgogne n'était point
encore arrivé au château de Lavardin, que le
chevalier gascon avait été averti de sa venue
par le *chanterre*, agent secret du roi, dont nous
avons surpris les demi-mots pendant la soirée
du comte.

Nous avons vu aussi que, profitant des rensei-
gnements que le *chanterre* lui avait donnés, le
sire d'Aurignac avait, dans cette même soirée,
soufflé à l'oreille du chevalier errant le mot de
passe des émissaires de la cour de Bourgogne.

Après de tels préliminaires, il serait difficile
d'admettre que les choses en fussent restées
dans la simple expectative. Aussi n'en fut-il pas
ainsi.

Dès le point du jour, le sire d'Aurignac était
sur pied pour observer ce qui se passerait. A
certains indices, et bien que le chvalier errant
eût été conduit dans le donjon par les passages
souterrains qui l'avaient soustrait à tous les
regards, le sire d'Aurignac comprit qu'une entrevue avait lieu, et il lui fut aisé de constater le
moment de sa fin.

Se dirigeant alors vers la chambre du chevalier,
il se présenta à lui avec les mots de passe bour-
guignons, pour preuve de ses rapports secrets
avec le duc.

L'émissaire de Charles de Bourgogne, loin de soupçonner un piége, et trompé par l'habilité du chevalier gascon, ne dissimula point qu'il ne vînt d'avoir un entretien secret avec le comte de Vendôme et qu'il ne lui eût ouvertement proposé d'entrer dans le parti de son maître. Mais il ne s'étendit pas davantage, et déjouant toutes les ruses du sire d'Aurignac, il ne laissa rien transpirer de la réponse du comte, et des motifs sur lesquels il l'avait appuyée.

Le soin que le roi Louis XI avait pris de faire avertir le sire d'Aurignac de l'arrivée du Bourguignon, et de lui procurer les mots de passe, prouvait toute l'importance qu'il attachait à la connaissance exacte de ce qui se passerait en secret chez le comte de Vendôme.

Le mutisme du chevalier était donc loin de satisfaire le sire d'Aurignac. Il lui fut pourtant impossible de rien savoir de plus, et il se retira.

Mais lancé sur la pente de toutes les trahisons comme il l'était, le chevalier gascon ne pouvait plus reculer devant rien. Il considéra qu'il serait mal venu de se rejeter auprès du roi Louis, sur l'extrême discrétion de l'émissaire du duc de Bourgogne. Ne devait-il pas, au contraire, faire preuve d'adresse et d'habilité, non moins que de zèle, s'il voulait captiver les bonnes grâces du souverain ? Il résolut donc de suppléer à ce qu'il n'avait pu découvrir ; et, dans la lettre qu'il se hâta d'écrire au roi, il présenta le comte de Vendôme comme s'étant montré favorable aux ouvertures du Bourguignon, bien qu'il eût témoigné vouloir garder pour le moment la neutralité.

Sa lettre faite, le sire d'Aurignac fit appeler le *chanterre* qui devait quitter le château dans la journée, et il le chargea de la remettre à Timalko le bohémien, celui-là même que nous avons vu figurer à la tête de la troupe de zingari dont le grand escuyer avait fait la rencontre en se promenant la veille.

Puis, le sire d'Aurignac sortit pour les besoins du service, et en passant devant la fenêtre de Pierre Maillé, il remarqua la triple croix, signe convenu, qui témoignait d'une communication importante et pressée.

Il avait à peine fait quelques pas, que Pierre Maillé se présenta à lui. Le sire d'Aurignac l'aborda sous un spécieux prétexte, et, sur quelques mots du Gascon, il fut convenu qu'on se retrouverait à l'heure de none (1), dans la grotte des Vierges, déjà fixée comme lieu ordinaire des rendez-vous.

Pendant ces allées et venues du sire d'Aurignac,

_____
(1) 3 heures de l'après-midi.

le sonneur avait frappé la troisième heure (1) sur son beffroi, et tout se préparait dans le château pour une grande chasse qu'un temps magnifique promettait de favoriser. Les palefreniers pansaient les chevaux ; les selliers inspectaient les selles et les harnais ; les piqueurs rassemblaient leurs laisses, garnissaient leurs fouets ou s'essayaient à quelques fanfares ; et déjà les meutes, dont le grand veneur avait passé l'inspection, poussaient de longs aboiements, devinant au mouvement qui se passait autour d'elles, la fête qui leur était réservée.

L'agitation était si grande dans le château, qu'on prit à peine garde au départ du chevalier errant et de son escuyer. Elle ne se calma que lorsque la quatrième heure (2) étant sonnée, les hommes de service se rendirent dans les réfec‑ toires pour dîner, pendant que l'on cornait l'eau dans le donjon, et que la grande salle recevait ses convives ordinaires.

A l'exception de Mme Jeanne et de Mme Cathe- rine, tout le monde parut au dîner en costume de chasse. Les dames portaient des surcots et de longues jupes de drap, à peu près comme nos amazones. Elles avaient sur la tête des *chapels* de feutres gris ou noir, à forme basse, ornés

(1) 9 heures du matin,
(2) 10 heures du matin.

de têtes d'oiseaux et de plumes. Les hommes portaient des jacques en peau de daim avec des parements et des mahoîtres garnis de velours de diverses couleurs. Ils étaient aussi coiffés de feutres ornés de plumes de héron, de faucon ou de tiercelets.

Le repas fut très-gai. Les aventures de chasse en firent presque tous les frais. On plaisanta aussi le grand veneur sur la prodigieuse rapidité avec laquelle il faisait disparaître tout ce qu'on lui servait, et ce fut une occasion de rappeler la piteuse mine qu'il avait faite l'avant-veille, à l'occasion du jeûne de la Nativité. Quant à lui, il laissait dire, riait comme tout le monde; mais ne perdait pas un coup de dent, ce qui amusait de plus belle.

Enfin le comte donna le signal, et on se leva de table.

Déjà les chevaux sellés et caparaçonnés piaffaient dans la cour du château, et de joyeuses fanfares se mêlaient aux aboiements des chiens qui étaient tenus en laisse par les piqueurs et les valets de meute.

On allait quitter la grande salle, lorsque Mme Jeanne qui venait de donner ses instructions à Blanche, s'adressa au grand escuyer :

— Monseigneur, lui dit-elle, veuillez ne pas

oublier qu'avec Mme de Beauveau se trouvera en chasse une jeune damoiselle sans expérience encore dans ces sortes de jeux. Vous voudrez bien veiller à ce qu'il ne lui arrive point d'accident. Je vous la confie, Monseigneur : c'est ma fille.

— Madame, répondit le grand escuyer en s'inclinant, partout où elle sera je serai, et toujours prêt à lui faire un rempart de mon corps, si quelque danger survient.

Saluant ensuite Blanche avec respect, il lui offrit son bras pour la conduire. La jeune fille accepta avec cette simplicité, avec cette aisance qui lu étaient naturelles, et l'on sortit.

Quelques instants après, tout le monde était en selle.

Le grand escuyer avait aidé lui-même Blanche à monter. A cheval près d'elle, il lui donnait quelques conseils et lui recommandait la prudence ; car la jeune damoiselle, comme enivrée par le bruit et l'agitation, aussi bien que par la perspective de cette chasse dont elle entrevoyait déjà le merveilleux tableau, faisait caracoler son destrier qui, jeune et vif, menaçait de s'emporter.

Enfin, le signal du départ fut donné. Les ponts-levis s'abaissèrent, et le cortège partit.

C'était un coup d'œil ravissant.

D s piqueurs ouvraient la marche, sonnant du

cor à pleins poumons. Venait ensuite le grand
veneur avec tous les officiers de la vènerie; puis
le comte et la comtesse de Vendôme, Blanche et
le grand escuyer, et toutes les dames accompagnées chacune d'un chevalier ou d'un escuyer. A
la suite, marchaient les meutes et les piqueurs
chargés d'épieux,

Le cortège suivait pour se diriger vers la
grande forêt située alors sur les plateaux qui
dominent Lavardin, le même chemin que nous
avons déjà vu suivre par le grand veneur à son
retour de la chasse.

Mme Jeanne était à sa fenêtre avec Mme Catherine. Elle regardait le défilé, cherchant de l'œil
avec une douce sollicitude la jeune fille qui pour
la première fois en faisait partie. Elle la reconnut
à son écharpe bleue et lui fit signe de la main.

Blanche s'en aperçut et agita vivement son
mouchoir.

Au même instant, le cortège se détournant à
gauche, s'engagea dans un chemin profond et
disparut.

XX.

LES GROTTES CELTIQUES.

Le sire d'Aurignac était parti pour la chasse avec tous les autres chevaliers, dans la crainte que son absence, si bien motivée qu'elle fût, n'éveillât quelque soupçon. Il eut soin cependant de se plaindre d'un état de malaise qui lui rendait le mouvement du cheval extrêmement pénible ; si bien que, pendant la halte qui précéda l'entrée en chasse, le comte lui-même l'engagea à se retirer ; mais il n'eut garde de le faire et parut, au contraire, déterminé à courir comme tout le monde.

Cependant, dès que les chiens furent lancés et que les chasseurs furent partis au galop à leur suite, le sire d'Aurignac ralentit sa marche, et bientôt il tourna bride furtivement.

Nos lecteurs sont assez fixés sur le compte du chevalier gascon, pour qu'il soit inutile de leur dire que ce ne fut point vers le château qu'il se dirigea. Avant la chasse, sous prétexte de se faire une idée exacte des lieux, il avait pris toute espèce d'informations sur les diverses routes de la forêt, et pouvait, en s'orientant, diriger ses pas

11.

avec assurance. Il marcha donc vers le couchant, et gagna un ravin profond qui, sans sortir de la forêt, venait déboucher dans la vallée du Loir, entre Montoire et Lavardin.

Le sire d'Aurignac chevaucha quelque temps le long de ce ravin, à travers des sentiers abruptes ; mais apercevant une petite cascade qu'on lui avait désignée, et qui tombait d'un rocher entre des lierres et des plantes grimpantes, il comprit qu'il approchait de la vallée. Il mit pied à terre, et après avoir attaché son cheval à un arbre, il gagna le flanc du coteau qui se dirige, couvert de bois, vers le château de Lavardin.

Le but du chevalier gascon était de se rendre à la grotte des Vierges, où devait le joindre Pierre Maillé. Mais sur sa route, il rencontra plusieurs autres grottes taillées de main d'homme, et d'origine druidique. C'étaient celles vers lesquelles s'étaient enfuis, la veille, les bohémiens que venaient pourchasser les lansquenets du comte de Vendôme. Ouvertes sur une pente presque à pic, elles offraient à ces aventuriers, sinon des retraites assurées, du moins des abris peu accessibles, et si bien cachés sous des arbres épais, que leur existence mystérieuse était à peine connue.

Le sire d'Aurignac n'avait pas fait une cenɩaine de pas dans cette direction, à travers les halliers, qu'il fut arrêté par une sentinelle bohémienne. Il déclina son nom et ses qualités ; mais la sentinelle, qui ne le connaissait pas, lui enjoignit d'aller trouver le chef de la troupe, retiré avec une partie des siens, dans une grotte dont il lui indiqua la direction. Sur un coup de sifflet particulier que fit alors entendre le zingaro, un de ses camarades parut et conduisit le chevalier.

La grotte qu'occupait le chef bohémien existe encore aujourd'hui. C'est une des plus curieuses parmi les nombreuses grottes druidiques percées dans le verdoyant coteau qui s'étend entre Montoire et Lavardin ; elle est la principale d'un groupe situé près d'une petite fontaine qui paraît avoir été pour les druides, une source sacrée.

J'émerveillerais mes lecteurs, si, doué de l'art de peindre exactement les objets par la parole, je leur faisais la description de cette fontaine dont l'eau pure et fraîche coule au plus épais du bois, dans un petit bassin mystérieusement caché sous de grands arbustes, et tapissé de mousses, de lierres, de fraisiers et de violettes. Elle se nomme la fontaine *Auduée*. Je ne rechercherai pas, avec les savants, l'étymologie de ce nom. Je me bornerai à dire que les grottes voisines l'ont emprunté à l'antique source, et qu'on les appelle les *grottes Auduées.*

Pour un habile pinceau, ces grottes curieuses, ouvertes sur une terrasse étroite, et ombragées par de grands arbres, feraient aussi l'objet du tableau le plus ravissant. Mais la principale, surtout, semble réunir tout ce qui peut charmer la vue. Percée dans un rocher de la forme la plus pittoresque, autour duquel se groupent des massifs de groseilliers et de framboisiers sauvages, ses abords sont tapissés de pervenches, de lierres et de mousses épaisses, d'où s'élancent des fougères à grandes feuilles. La grotte elle-même est formée de trois vastes salles creusées de main d'homme. Celle du milieu qui est la plus spacieuse, est percée, dans le sol, d'une sorte de caveau rond, dont l'entrée est beaucoup plus étroite que l'intérieur. On prétend que c'était là une citerne destinée à recevoir le sang des victimes humaines qu'on égorgeait sur un autel voisin, taillé dans le roc, et sur lequel on croit voir encore de petites rigoles qui favorisaient l'écoulement du sang (1). L'une des deux autres salles présente, sur sa façade circulaire, une

---

(1) Cette opinion est ridicule. Les grottes sont bien celtiques; ce petit caveau et les prétendues rigoles sont tout-à-fait modernes. Nous pourrions le démontrer si cela importait a notre histoire. Mais suivons.

suite d'ouvertures taillées en forme d'arceaux grossiers. Les rayons du soleil, en se tamisant à travers le feuillage, envoient sous ces arceaux des reflets variés à l'infini, et dont le demi-jour de la salle est modifié d'une manière féerique. Cet effet admirable est complété par le coup d'œil de la vallée du Loir qu'on aperçoit, inondée de lumière, entre les tiges des grands arbres.

Ce fut dans cette partie de la grotte, faite pour réaliser tous les rêves des poëtes, que le zingarc conduisit le sire d'Aurignac.

Timalko, le chef des bohémiens, s'y trouvait, à demi couché sur un tapis grossier. Le *chanterre*, que nous avons vu dans la soirée du comte de Vendôme, était près de lui, assis sur un escabeau. Tous deux parlaient mystérieusement.

Reconnaissant le chevalier gascon, le *chanterre* se leva, et avant d'aller à lui :

— C'est le sire d'Aurignac dont je viens de te remettre la lettre, dit-il à Timalko.

Puis il s'avança vers le chevalier et lui témoigna quelque étonnement de le voir là pendant la chasse. La nécessité de remettre un second message au bohémien semblait seule motiver, pour le *chanterre*, la présence du sire d'Aurignac. Mais en deux mots, celui-ci lui expliqua qu'il n'était nullement venu pour voir les bohémiens, et qu'il se dirigeait simplement vers un rendez-vous pris pour les affaires secrètes du roi.

Le sablier du zingaro était déjà descendu entre la huitième et la neuvième heure (1). Après quelques paroles sans intérêt, échangées avec le *chanterre* et Timalko, le sire d'Aurignac songea donc à quitter les grottes Auduées. Un bohémien lui fut donné pour le conduire jusqu'à la ligne des sentinelles, qui l'eussent arrêté de de nouveau, et, bientôt, ayant franchi cette ligne, il hâta le pas et se trouva en quelques minutes au pied de la grotte des Vierges.

Cette grotte existe encore. Elle est située à peu de distance du château de Lavardin, au-dessous de la tombelle qui domine le coteau. Son origine est druidique, comme celle des grottes Auduées, et son nom de *grotte des Vierges* lui vient, dit-on, de ce qu'elle a servi de retraite à un collège (2) de druidesses qui faisaient, comme on sait, vœu de virginité. Elle a deux étages superposés. On arrive à l'étage supérieur par un escalier taillé dans le roc. Un autre escalier, également taillé dans le roc et qui n'a pas moins

---

(1) 2 heures et demie de l'après-midi.
(2) Collège, dans ce sens, désigne une compagnie, une corporation. On disait, à Rome, le *collège des pontifes*; on disait autrefois dans l'Église : *Un collège de chanoines*. On dit encore aujourd'hui : le *Sacré-Collège*, pour désigner le corps des cardinaux.

de un mètre cinquante de largeur, met en communication cet étage avec l'étage inférieur. La disposition intérieure des étages est à peu près la même que celle de la plus grande des grottes Auduées, et ici, on retrouve encore la citerne profonde pour recevoir le sang des victimes. L'étage supérieur de la grotte des Vierges présente cependant une particularité remarquable : dans un des angles s'ouvre une petite salle ornée d'un autel taillé dans la' forme des autels catholiques. Peut-être, depuis la disparition du paganisme, un solitaire a-t-il creusé cette salle pour en faire une chapelle à son usage. Peut-être encore, dans les premiers temps de la conversion de ces contrées, l'ancien couvent de druidesses a-t-il servi d'asile à des chrétiens persécutés, qui y avaient dressé cet autel pour célébrer les mystères de leur culte. Ce qui semblerait donner quelque poids à cette dernière opinion, c'est que l'entrée de la petite chapelle paraît avoir été disposée de manière à pouvoir se dissimuler.

Quoi qu'il en soit de ces diverses questions, de nature à diviser les archéologues, nous n'avons pas à nous en préoccuper au point de vue des événements que nous racontons. Nous ne nous y arrêterons donc pas davantage.

Le sire d'Aurignac était depuis un instant

déjà au lieu du rendez-vous, lorsque le beffroi du château résonna neuf fois. Un instant après, un léger bruit, causé par le frôlement des buissons épais qui entouraient la grotte, révéla la marche d'un homme.

Le chevalier se tint sur ses gardes, et bientôt il aperçut par une ouverture étroite, derrière laquelle il était en observation, Pierre Maillé, qui s'avançait avec prudence, l'œil attentif, l'oreille au guet.

— Êtes-vous seul ? dit Pierre Maillé, en abordant le sire d'Aurignac.

— Parfaitement seul.

— Moi, continua le Gascon, j'amène un homme, et des meilleurs. C'est le sergent d'arbalétriers dont je vous ai déjà parlé. Effrayé par l'idée d'une trahison, il avait résolu de profiter de la fin de son engagement pour se retirer aujourd'hui même. Je l'ai si bien raisonné ce matin, qu'il reste, déterminé à tout. Il y a mis seulement pour condition que je l'aboucherais avec celui qui dirige ici les affaires de notre seigneur le roi. Après avoir sondé cet homme de toutes les manières, j'ai vu qu'on pouvait compter sur lui, et j'ai consenti à vous le présenter. C'est un vigoureux et adroit luron. Il n'a pas toujours la parole facile, ce qui l'a fait surnommer le

Bègue ; mais peu nous importe, pourvu qu'il sache bien agir. — Faut-il que je l'appelle ? il est à deux pas d'ici, qui attend mon signal.

— Tu aurais pu me prévenir, avant de lui rien promettre, dit le sire d'Aurignac.

— Messire, il faut battre le fer quand il est chaud, et profiter des bonnes dispositions des gens, quand elles sont à point. Le temps de vous consulter, mon homme fut peut-être parti.

— Fais-le venir, fit le chevalier, sans autre observation.

Pierre Maillé s'avança vers une des ouvertures qui éclairait la grotte, et fit entendre un petit sifflement.

Quelques secondes après, Jean le Bègue, car c'était lui, se trouvait en présence du sire d'Aurignac.

Si bien qu'il se fût préparé à la surprise que lui causerait, pensait-il, la découverte du chef du complot, le sergent ne put se défendre d'un mouvement, en reconnaissant le chevalier gascon. Il savait le dévouement qui avait toujours lié, depuis plus d'un siècle, les d'Aurignac à la maison de Vendôme ; il savait que le sire d'Aurignac actuel, avait été élevé à la cour du comte Jean, qui n'avait cessé de le combler de bontés ; aussi le dernier chevalier qu'il eût osé soupçonner de félonie, eût-il été certainement celui qu'il voyait devant lui.

Jean le Bègue dissimula cependant ses impressions, et faisant bonne contenance, il salua le chevalier.

Celui-ci lui adressant la parole :

— Tu es sergent d'arbalétriers, lui dit-il, et tu veux servir le roi de France. Je crois en ta sincérité ; mais quel gage donnes-tu de ta foi ?

— Ma tête, répondit sans hésiter Jean le Bègue.

— C'est bien, dit d'Aurignac, et tu sais si notre roi Louis XI connaît l'emploi de la potence.

Puis il fit diverses questions au sergent limousin, qui répondit à toutes avec beaucoup de présence d'esprit.

Le sire d'Aurignac et Pierre Maillé se mirent alors à parler librement. Pierre Maillé raconta que la venue du chevalier errant lui étant suspecte, il avait trouvé moyen d'aborder l'escuyer. Il avait su, disait-il, en tirer quelques mots qui prouvaient clairement que le prétendu chevalier errant n'était autre qu'un émissaire bourguignon.

Le sire d'Aurignac s'empressa de répondre qu'il savait tout, et que déjà une lettre de lui avait été portée par le *chanterre* à des bohémiens qui devaient la remettre au roi.

— Cet événement, ajouta-t-il, nous assure les bonnes grâces de notre seigneur et maître ; car il ne lui sera pas indifférent d'apprendre que le comte de Vendôme tend la main au plus mortel ennemi de la France.

Le sire d'Aurignac demanda ensuite à Pierre Maillé ce qu'il comptait faire du clerc de cuisine gagné à leur cause.

— Oh ! pour celui-là, dit Pierre Maillé, j'en réponds. C'est un drôle qui tuerait père et mère... et tellement dans son rôle, qu'on lui donnerait le bon Dieu sans confession. Un seul mot de la part du roi ; et si Monseigneur de Vendôme ne rend pas son âme à Dieu après le potage, il aura sur lui de la *mandragore* (1).

Jean le Bègue ne put entendre ces paroles sans frémir ; mais il dissimula.

Pierre Maillé rendit compte également des démarches qu'il voulait faire auprès de plusieurs hommes d'armes, s'excusant de n'avoir pu agir depuis deux jours, par suite de la fausse position dans laquelle l'avait placé son affaire avec Jacques Tissard. Mais le sire d'Aurignac conseilla d'attendre que de nouvelles instructions lui fussent parvenues.

(1) La *mandragore* est une plante qu'on emploie encore en médecine. On lui attribuait, au moyen âge, les propriétés les plus extraordinaires et les plus surnaturelles. Elle entrait dans la composition de tous les philtres.

Tirant ensuite le Gascon à part, le chevalier
lui dit à l'oreille quelques paroles, dont Jean le
Bègue ne put absolument rien saisir que le nom
de Mlle de Sourbec, qui avait été prononcé le
premier. Seulement, le sergent remarqua que le
Gascon donnait au chevalier des assurances
particulières de dévouement qui ne semblaient
plus regarder le service du roi.

L'heure était avancée. On se sépara. Jean le
Bègue et Pierre Maillé prirent des chemins diffé-
rents, mais qui devaient les conduire bientôt à
Lavardin.

Quant au sire d'Aurignac, traversant de nouveau le camp des bohémiens dans lequel il ne
retrouva plus ni le *chanterre*, ni Timalko, il
revint au lieu où il avait laissé son cheval.
Une demi-heure après, il était dans le château,
où l'attendait impatiemment son escuyer, qui,
s'étant aperçu de sa disparition pendant la chasse,
et le croyant plus malade, l'avait d'abord cherché dans la forêt, et s'était hâté ensuite de rentrer
à Lavardin.

Le sire d'Aurignac expliqua son tardif retour
en disant qu'il avait perdu sa route et qu'il avait
eu bien de la peine à la retrouver. Il ajouta
qu'il se sentait guéri, et que, sans la crainte de
se perdre de nouveau, il eût été rejoindre la

c'asse. Tout cela paraissait plausible, et, pour
l escuyer, cet incident n'eut pas d'autres suites.

XXI

LA CHASSE.

Pendant que le sire d'Aurignac employait son
temps à ce qu'il appelait le service du roi, la
chasse, commencée au moment de son départ,
se poursuivait avec un succès merveilleux. Il
était à peine la 8e heure (1), qu'on avait déjà
forcé un cerf et pris deux daims. Les cors firent
alors entendre des fanfares pour réunir tous les
chasseurs, et l'on se dirigea vers une clairière
de la forêt. Dès qu'on y fut arrivé, le comte de
Vendôme ordonna de faire halte. On lui obéit;
mais ce ne fut pas sans quelque peine; car les
chevaux étaient si animés par la course qu'ils
venaient de fournir, qu'ils résistaient au frein,
et chassant l'air bruyamment par leurs naseaux
en feu, ils menaçaient de s'emporter. De leur
côté, les piqueurs parvenaient difficilement à
raccoupler les chiens, et le fouet dut intervenir
pour ramener ceux qu'un excès d'ardeur rendait
peu dociles à la voix de leurs maîtres.

(1) 2 heures de l'après-midi.

Enfin, le calme se fit au milieu de cette agitation, et dès que toutes les dames furent assises sur la mousse fine et mollette qui tapissait la clairière, on servit un goûter champêtre que le premier maistre d'hostel était venu disposer d'avance. Des varlets firent circuler d'abord des bassins d'argent dans lesquels étaient, parfaitement découpées, des viandes froides : poulets, perdreaux, grives, alouettes et autre oiseaux rôtis, dont chaque morceau avait son tranchoir (1). Les pages et les damoiseaux avaient déjà distribué aux dames des *touailles* (2) de fil damassé. Elles posèrent dessus les *tranchoirs* chargés des viandes qu'elles avaient choisies, et se mirent à manger. Les chevaliers et les escuyers les servaient, mangeant aussi, mais debout, pour être plus libres de leurs mouvements. Le comte avait voulu faire comme les chevaliers. Il servait Mme de Beauveau, son épouse, et parcourant de temps en temps le cercle des convives avec une gracieuse amabilité, il stimulait les appétits et avait pour chacun un mot agréable à dire.

Le grand escuyer s'occupait de Blanche, qui était assise près de Mme de Beauveau. Pendant la chasse, fidèle à la promesse qu'il avait faite à

(1) Nous nous souvenons que les *tranchoirs* étaient des tranches de pain qui remplaçaient les assiettes.
(2) Serviettes.

Mme Jeanne, il n'avait pas quitté la jeune damoiselle, et si l'on nous permettait de soulever un petit coin des pensées intimes du sire de Ginesti, nous pourrions dire que cette mission ne lui avait pas été pénible. Pour la première fois, pendant le trajet du château à la halte qui avait précédé la chasse, il avait devisé avec Mlle de Sourbec. L'âme noble et les sentiments élevés de la jeune fille s'étaient déjà montrés à lui en plusieurs circonstances et avaient fait sur son cœur une impression profonde; mais dans le naïf abandon de cette causerie, il découvrit à la fois tant de grâces, tant de finesse d'esprit, tant de délicatesse de pensées, qu'il en demeura charmé.

Pendant la chasse, la conversation n'avait pu être suivie. Blanche, emportée par l'ardeur naturelle aux imaginations vives, avait profité de l'impétuosité de son coursier pour suivre les chiens au plus près et ne rien perdre d'un spectacle nouveau pour elle; mais dans les mots qu'elle avait jetés en courant au sire de Ginesti pour lui exprimer sa joie, il y avait eu tant de simplicité et de douce confiance, qu'à un certain moment, le chevalier, le cœur plein d'émotion, s'était rappelé sa mère, et avait levé les yeux vers le ciel comme pour l'y chercher et lui demander si, dans cet ange, Dieu ne lui destinait pas une compagne.

On ne s'étonnera pas qu'après avoir éprouvé de telles impressions, le sire de Ginesti eût pour Blanche, pendant le goûter, tous les soins délicats que sa politesse naturelle et sa courtoisie de chevalier pouvaient lui inspirer. Il devait même y avoir quelque chose de plus, car Mme de Beauveau — l'œil des femmes saisit au vol les moindres nuances des sentiments — lui dit avec un sourire plein de finesse :

— Monseigneur, je témoignerai auprès de Madame ma mère, que nul autre chevalier n'eût mieux que vous, rempli la mission qu'elle vous a confiée.

Nous ne savons si le sire de Ginesti se disposait à répondre à Mme de Beauveau; mais, dans tous les cas, le comte de Vendôme ne lui en laissa pas le temps.

On allait servir le *clairet*, et le comte, imposant silence à l'assemblée :

— Il ne serait point séant, dit-il, de boire le *clairet* sans chanter lai, virelai, (1) ronde, ballade ou chanson. Nous n'avons ici ni trouvère

(1) Les *lais* et les *virelais* étaient de petits poëmes, gracieux et mélancoliques, composés de strophes régulières, et qui se chantaient beaucoup dans le moyen âge, surtout aux XIII et XIV siècle. Vers la fin du XV°, ils étaient moins en vogue

ni ménestrel; mais nous avons mieux que cela,
et Monseigneur le grand escuyer voudra bien se
rappeler pour nous, quelques-uns de ces jolis
chants qu'il disait dans notre château lorsqu'il
était page du roi Charles VII.

Chacun applaudit; les dames surtout. Quant
au grand escuyer, il s'excusa modestement.

— Monseigneur, dit-il, il me serait bien doux
de répondre au désir de votre seigneurie; mais
les années vont vite. Le jeune page est depuis
longtemps devenu chevalier. De douloureux souvenirs ont rendu sa voix muette, et, sous de
tristes préoccupations, les souvenirs de sa première jeunesse se sont envolés.

Le sire de Ginesti faisait allusion au malheur
qu'il avait eu de tuer son meilleur ami dans un
tournoi, et au chagrin qui l'avait porté à faire
comme nous l'avons dit, le pèlerinage de saint
Jacques de Compostelle.

Le comte le comprit, et regretta de s'être
ainsi avancé, pensant que le grand escuyer avait
peut-être fait vœu de renoncer à la poésie. Car,
à cette époque, des vœux de ce genre n'étaient pas
rares. Prenant de nouveau la parole, il s'excusa
auprès du chevalier et ne lui cacha point sa
pensée.

Le sire de Ginesti répondit qu'il n'avait point

fait de vœu ; mais que lorsque la tristesse était au cœur, la bouche cessait de chanter.

Se tournant ensuite instinctivement vers Blanche, il rencontra son regard, dans lequel toutes les pensées du ciel semblaient se refléter. Alors, comme si dans ce regard il eût vu sa règle de conduite :

— Mais de quel droit ferais-je porter aux autres le poids de mes souvenirs, ajouta-t-il ; Monseigneur, pardonnez-moi : je chanterai.

On battit des mains, autant à cause des sentiments d'abnégation que le sire de Ginesti venait d'exprimer, que pour le plaisir qu'on espérait goûter à ses chants. Le comte le remercia en lui serrant les mains avec effusion.

Quand à Blanche, comme le grand escuyer se tournait de nouveau vers elle :

— C'est bien, Monseigneur, lui dit-elle d'une voix émue qui le pénétra jusqu'au fond de l'âme.

On servit à la ronde le *clairet,* qui fit bientôt oublier cet incident. Puis le comte frappa doucement dans ses mains ; on fit silence ; et le sire de Ginesti s'étant placé au milieu de l'assemblée en face de Mme de Beauveau, il improvisa la ballade suivante :

> Quand le renouveau fleurit
> La rose vermeille ;

Quand la fleur des prés sourit
   A la jeune abeille :
Sous le feuillage nouveau,
On entend chanter l'oiseau,
   L'oiseau qui s'éveille,
Quand fleurit le renouveau.

Quand le renouveau fleurit,
   L'oiselet qui chante,
Aux échos dit et redit
   Sa chanson touchante.

C'est un lied naïf et beau,
C'est un amoureux rondeau
   Qui toujours enchante,
Quand fleurit le renouveau.

Mais quand l'automne pâlit
   Le front du bocage,
L'oiselet, las ! plus ne dit
   Son gentil ramage;
Car il n'est lied ni rondeau
Qui, lors, puisse être si beau
   Que ceux qu'il engage
Quand fleurit le renouveau.

Cette poésie, chantée d'une voix expressive, et dont le timbre, naturellement sympathique, remuait le cœur, fut couverte d'applaudissements. Le comte en fit compliment au sire de Ginesti, et Mme de Beauveau, lorsque le grand escuyer fut revenu près d'elle, lui dit avec beaucoup de grâce :

— Monseigneur, si les chants de l'automne ont moins de charmes, nul ici n'en saurait juger, car vous ne nous avez dit que des chants de printemps.

Le grand escuyer s'inclina en remerciant Mme de Beauveau de sa bienveillante indulgence.

Blanche avait trop à dire et elle était trop émue pour oser parler. Elle resta les yeux modestement baissés, craignant de rencontrer encore le regard du sire de Ginesti; mais le chevalier lui-même, en se tournant vers Mlle de Sourbec, eut craint de l'obliger à un compliment qui eût paru doux à son cœur, peut-être, mais que sa modestie cherchait à éviter.

Le clairet, qu'on servait de nouveau, au milieu des rires et des plaisanteries joyeuses, vint faire diversion à cette situation délicate. Le comte passa le flacon à fleurs d'or (1) au sire de Ginesti, qui après en avoir offert à Blanche, le passa aux autres chevaliers.

C'était le coup de l'étrier; car, aussitôt après, les fanfares sonnèrent et l'on se remit en selle, plein d'une nouvelle ardeur.

En ce moment même, le sire d'Aurignac, caché dans la grotte des Vierges, nouait ses trames perfides avec Pierre Maillé, et ne se promettait rien moins que la fortune et les honneurs pour prix de sa lâche ingratitude et de sa félonie. On avait remarqué son absence pendant le goûter,

(1) C'était un usage consacré, que le clairet se servît toujours dans des flacons semblables.

et l'on avait pensé que, par suite de son malaise, il était rentré au château. Mais nul ne soupçonnait encore les projets du chevalier gascon, qui, s'ils eussent été connus, auraient d'autant plus troublé la fête, qu'au-dessus d'eux planait la haine du roi Louis XI, qu'on n'essuyait jamais en vain.

Donc, au son des cors, la chasse partit de nouveau. Elle fut d'abord un peu froide; le gibier ne paraissait pas. Mais bientôt on lança un magnifique cerf, et la forêt retentit aussitôt des aboiements des chiens, des cris des chasseurs et du bruit des fanfares.

Blanche, plus animée que jamais, pressait son coursier qui, plein de vitesse cependant, la tenait toujours trop en arrière au gré de ses désirs; car le cerf courait d'une manière peu commune. Elle se désolait déjà d'être distancée, lorsque partit un sanglier énorme.

La joie de la jeune fille ne saurait se peindre. Elle fit signe au sire de Ginesti, qui n'aurait pu entendre sa voix au milieu des clameurs de toute sorte, et elle partit avec lui comme le vent dans cette nouvelle direction, à la suite des chiens qu'on venait de lancer, et suivie de nombreux chasseurs.

Le sanglier ne paraissait pas plus disposé que

le cerf à se laisser prendre, et sa course furieuse dura longtemps. Enfin il se lança dans un ravin profond, inaccessible aux chevaux. Blanche s'en aperçut, et avec une promptitude de coup d'œil digne d'un chasseur, voyant que le ravin se repliait sur lui-même à une certaine distance vers la droite, elle se jeta vivement de côté pour rejoindre le sanglier, laissant les autres chasseurs se frayer un passage comme ils pouvaient. Le sire de Ginesti qui n'était pas prévenu de ce mouvement, n'avait pas encore détourné son coursier que déjà Mlle de Sourbec s'était éloignée. Il s'élança sur ses pas, tout effrayé, lui criant d'arrêter sa marche; car il craignait qu'elle ne fût couper la retraite du monstre.

Blanche n'entendit pas le sire de Ginesti, et continuant sa course, elle aperçut bientôt le sanglier qui, après avoir trompé les chiens, s'était acculé contre un énorme chêne pour leur tenir tête. Dans son ignorance du danger, et avec une témérité d'enfant, elle alla droit à lui. Déjà le monstre tournant vers elle ses yeux injectés de sang, se préparait à s'élancer, lorsque le grand escuyer qui, par un effort suprême, avait rejoint Blanche, sauta de son cheval, et, son coutelas à la main, se jeta en avant, tout en criant à la jeune fille de s'éloigner.

Il était temps. Le sanglier se précipita avec une telle furie, que le sire de Ginesti, n'ayant pas eu le temps de s'effacer, fut légèrement blessé à la cuisse. Néanmoins, l'animal, atteint au défaut de l'épaule, tomba mort à ses pieds ; et le chevalier, levant vers Mlle de Sourbec son coutelas tout fumant :

— A vous, Mlle Blanche, s'écria-t-il.

Mais la jeune fille, pâle comme une morte, resta immobile. Le souvenir d'une scène semblable arrivée à Mme Catherine, et la mort de son fiancé, le sire de Cosson, qui l'avait suivie de près, venait de frapper son esprit. Le sire de Ginesti crut que la frayeur l'avait saisie, et il s'approcha pour l'aider à descendre de cheval ; mais faisant un effort sur elle-même, et lui jetant son mouchoir brodé à ses armes :

— Merci ! lui dit-elle.

Ce fut tout ce qu'elle put articuler. Elle venait de voir le sang qui coulait de la blessure du grand escuyer, et saisie du dernier rapport de cette scène avec celle que lui avait conté Mme Catherine, elle laissa tomber la tête dans ses mains et fondit en larmes.

Quant au sire de Ginesti, les règles de la chevalerie lui prescrivaient la manière de recevoir une faveur comme celle que Blanche venait de lui accorder : il attacha donc à son bras le mouchoir de la jeune damoiselle.

Tout cela avait été l'affaire d'un instant, et de toutes parts arrivèrent aussitôt les chiens, les piqueurs et les chasseurs attardés.

Les chasseurs comprirent, au premier coup d'œil, le drame qui venait de se passer. Les dames s'empressèrent autour de Blanche, qu'elles croyaient prête à s'évanouir ; mais le bruit avait rendu la jeune damoiselle à elle-même. Apercevant cependant les chevaliers qui étaient descendus de cheval et qui s'inquiétaient de la blessure du grand escuyer, elle se mit à pleurer et ne releva la tête que lorsqu'elle entendit affirmer que cette blessure effleurait à peine les chairs et n'avait pas la moindre gravité.

— Oh! quelle punition de mon étourderie ! dit-elle enfin, en poussant un profond soupir.

Et comme le sire de Ginesti s'approchait pour l'assurer lui-même de l'état de sa blessure :

— Monseigneur, lui dit-elle vivement, de ma vie je n'oublierai que mon imprudence a exposé les jours et fait couler le sang d'un des plus braves chevaliers qui fût jamais.

Et ses yeux se portant sur le grand escuyer, elle aperçut à son bras le mouchoir brodé qu'elle lui avait jeté quelques instants auparavant. Elle rougit; car quoique ce fût là d'ordinaire une simple marque d'estime ou de reconnaissance, qui se donnait fréquemment aux chevaliers, et qui n'engageait à rien, de la part de la jeune damoiselle, et après son entrevue du matin avec Mme Jeanne, il y avait eu, peut-être, quelque chose de plus.

En ce moment, des fanfares, qui se firent entendre à peu de distance, attirèrent l'attention. Elles accompagnaient le comte de Vendôme, qui, après avoir forcé le cerf, cherchait à rallier les chasseurs dispersés. On se disposa à répondre à cet appel. Mais les chevaliers et les dames étaient à peine remontés à cheval, que le comte lui-même parut avec toute sa suite.

On s'empressa de lui conter ce qui venait de se passer, et le grand escuyer vint le rassurer sur sa blessure. Les dames, de leur côté, entourant Mme de Beauveau, ne lui laissèrent ignorer aucun détail.

La comtesse fut vivement impressionnée de ce récit. Se tournant vers Blanche qui était venue se ranger près d'elle :

— Mon enfant, lui dit-elle d'une voix grave, vous avez été bien folle; mais enfin, Monseigneur saint Martin et votre bienheureux patron ont mis ordre à tout.

Puis, d'un accent plus affectueux, elle ajouta :

— Vous savez maintenant, ma chère Blanhe, ce qu'est le dévouement d'un brave chevalier.

En prononçant ces dernières paroles, Mme de Eeauveau s'était tournée vers le sire de Ginesti. Elle aperçut un mouchoir à son bras et comprit ce qui s'était passé. S'adressant alors à Blanche, qui rougissait :

— Vous avez agi en noble damoiselle, lui dit-elle avec dignité; Madame ma mère sera contente de vous.

La pauvre Blanche, tout émue, se serait jetée comme un enfant dans les bras de la comtesse si cela lui avait été possible; elle se contenta de presser avec effusion la main qu'elle lui tendait.

Cependant l'heure était avancée et le soleil déclinait à l'horizon. Le comte ordonna de sonner la retraite, et l'on prit la direction du château. L'ordre du cortège était le même qu'au départ. Le grand escuyer, qui avait déchiré son mouchoir sur sa blessure, marchait à cheval à côté de Blanche, et cherchait à l'égayer par de charmants récits. La jeune damoiselle souriait pour répondre à l'attention délicate de son chevalier; mais en dépit des efforts qu'elle pouvait faire, elle restait triste, et le sourire qui passait sur ses lèvres, était comme ces pâles rayons de soleil, qui percent les nuages sombres d'une froide journée de fin d'automne.

Enfin on arriva à l'endroit où la halte s'était faite avant l'entrée en chasse, et l'on s'y arrêta de nouveau pour rallier les piqueurs, et, avec eux, les paysans qui, sur des bêtes de somme, portaient les divers gibiers. Les dernières lueurs du crépuscule pénétraient à grand'peine les ombres de la forêt, et la nuit qui s'avançait allait rendre la route difficile; car la lune ne devait pas encore paraître sur l'horizon. On alluma donc des torches qui avaient été apportées dans cette prévision, et l'on se mit en marche.

C'était un spectacle étrange que celui de ce long cortège de chevaliers, d'escuyers, de dames et de damoiselles, suivis de piqueurs, de chiens, de paysans et de bêtes de somme, se déroulant dans le dédale d'une épaisse forêt, à la lueur rougeâtre et vacillante de grandes torches qui paraissaient et disparaissaient à travers les tiges des grands arbres, comme si un souffle magique les eût subitement éteintes et rallumées. Les fanfares se répondaient aux deux extrémités de la colonne, et à cette heure où l'humidité de l'air leur donne plus de sonorité, elles ébranlaient tous les échos.

Il y avait dans tout cela quelque chose de

grave, de solennel, et l'on eût pu croire à une vision légendaire, si de temps en temps le cortège n'eût été troublé par le vol de nombreuses chauves-souris, qui, effrayées du bruit et de la lumière, et fuyant éperdues dans tous les sens, venaient se heurter contre les chasseurs, et contre les dames, à qui elles faisaient pousser de grands cris.

Après une demi-heure de cette marche, on déboucha sur la route découverte qui conduisait à Lavardin, et bientôt on aperçut le château. Il se dressait dans l'ombre avec ses rares fenêtres éclairées, comme un énorme géant dont les yeux auraient lancé la lumière. Quelques pas de plus, et l'on se trouva devant les ponts-levis qui s'étaient abaissés à la vue du cortège; puis, enfin, dans la cour du château.

Mme Jeanne et Mme Catherine s'étaient rendues dans la salle des gardes, toutes deux préoccupées de Blanche, dont elles venaient d'être séparées pour la première fois.

Après une courte attente, les huissiers annoncèrent le comte et la comtesse de Vendôme, qui entrèrent aussitôt suivis de toute leur suite. Blanche marchait derrière Mme de Beauveau, donnant le bras au sire de Ginesti. Dès que la comtesse douairière eut reçu les salutations du comte et de son épouse, elle chercha des yeux Mlle de Sourbec. Le grand escuyer la lui présenta, en lui disant avec une grande simplicité :

— Madame, j'ai tenu ma promesse de chevalier, autant qu'il était en moi.

Mme Jeanne avait à peine eu le temps de le remercier, qu'elle sentit dans ses bras la pauvre Blanche tout en larmes. Sans rien comprendre encore à l'émotion de la jeune fille, elle la couvrit de baisers ; et comme Mme Jeanne levait les yeux vers le grand escuyer pour lui demander ce qui s'était passé, elle aperçut à la fois, et la blessure du chevalier, et le mouchoir qui ornait son bras. Pressant alors Blanche sur son sein et la baisant de nouveau avec effusion :

— O ma fille, je comprends tout, lui dit-elle ; vous avez éprouvé le bras qui devait vous défendre, et vous l'avez récompensé en noble damoiselle.

Mme de Beauveau raconta brièvement alors à Mme Jeanne l'aventure du sanglier. Quand elle en vint au dénouement, Mme Catherine, qui était, nous l'avons dit, fort superstitieuse, cacha sa tête dans ses mains, comme frappée d'un sinistre augure.

Quelques secondes après, pendant qu'on se disposait à faire hommage du gibier à la com-

13

tesse douairière, c'était au tour de Mme Catherine à consoler Blanche, qui venait aussi de se
jeter dans ses bras; mais elle ne sut que pleurer
avec elle.

Cependant, Mlle de Sourbec avait surmonté
sa première émotion, et elle assistait avec calme
au cérémonial d'usage. Le sanglier, cause de
tant de pleurs, fut présenté le dernier. Une ex-
clamation générale le salua quand il fut étalé
devant Mme Jeanne.

On n'avait jamais vu monstre plus effrayant,
et celui dont le grand veneur s'était fait gloire
deux jours auparavant, n'était qu'un marcassin
en comparaison.

— Monseigneur, dit le comte de Vendôme, en
s'adressant au grand escuyer, je n'ai jamais vu
son pareil. Il était digne de votre bras.

Puis avec le ton d'une aimable gaieté

— Nous le dresserons tout entier sur ses
pattes pour notre souper de demain, ajouta-t-il,
et nous verrons s'il se permettra de menacer encore les jeunes damoiselles. A vous, du reste,
Monseigneur, qui trouvez si bien le défaut de
l'épaule, reviendra l'honneur de le dépecer.
Nul n'y doit toucher que vous.

Cette plaisanterie fit sourire tout le monde,
et Blanche elle-même.

La cérémonie était terminée. Chacun fut changer de toilette pour se préparer au souper.

XXII

APRÈS LA CHASSE.

Le temps était trop court, pour que Mme Jeanne put, malgré le désir qu'elle en aurait eu, retenir Blanche auprès d'elle. Mlle de Sourbec se rendit donc dans sa chambre, et dès qu'elle se trouva seule avec Mme Catherine, elle épancha son cœur tout entier. Mme Catherine essaya de combattre ses fâcheux pressentiments; mais comment aurait-elle pu le faire avec succès, elle qui, plus que personne, croyait à ces impressions, à ces mouvements de l'âme révélateurs de l'avenir! Avec sa justesse d'esprit habituelle, Blanche comprit bientôt qu'elle cherchait la force et la consolation là où il lui était impossible de les trouver. S'agenouillant alors devant sa Madone, elle se mit à prier la tête dans ses mains.

Quelle fut la prière de la jeune fille? Que demanda-t-elle à Dieu et à Notre-Dame la Vierge? Nul ne l'a su jamais. On peut présumer cependant qu'une pensée de sacrifice et de soumission remplit cette prière angélique; car lorsque Blanche se releva, elle était calme, et sur son front brillait une étincelle de cette auréole de force qui couronnait autrefois les martyrs.

Bientôt le son du cor annonça le souper, et Blanche gagna la grande salle en compagnie de Mme Catherine.

Nous ne nous amuserons point à décrire ce repas qui fut très-gai, même pour Mlle de Sourbec, dont toutes les préoccupations semblaient dissipées. Des choses plus importantes doivent nous occuper en ce moment. Laissant donc tous les détails inutiles de côté, nous dirons simplement qu'après le repas, qui avait eu lieu fort tard, à cause de la chasse, le comte de Vendôme congédia tout le monde et rentra dans sa chambre pour se reposer de la fatigue du jour et de celle de la nuit précédente. Seul, le grand escuyer resta près de lui; car il avait demandé un entretien de quelques instants. Or voici ce qui se passa entre le grand escuyer et le comte de Vendôme.

— Monseigneur, dit le sire de Ginesti, dès que le comte se fut assis, votre seigneurie connaît ma vie tout entière, depuis le jour où, page du roi Charles VII, j'eus l'honneur de venir pour la première fois dans ce château. Si j'ai fidèlement servi ceux à qui j'ai engagé mon épée; si j'ai rempli tous les devoirs d'un chevalier noble et courtois; si j'ai, devant Dieu, marché dans le sentier de l'honneur : votre seigneurie le sait. Je ne veux point faillir à mon passé, à Dieu ne plaise; mais pour ne me faire aucune illusion, Monseigneur, j'ai voulu prendre conseil de votre sagesse. Les affections ne se règlent point sur l'âge, lorsque surtout elles naissent de la profonde estime d'une haute vertu. Je n'ai pu voir Mlle de Sourbec sans admirer l'âme élevée, le cœur noble que Dieu a mis en elle; et je n'ai pu l'admirer, — pardonnez-moi, Monseigneur, — sans éprouver pour elle un sentiment profond.

— Et vous venez me demander sa main ? fit le comte de Vendôme avec bienveillance.

Pas précisément, Monseigneur : je viens vous demander si la délicatesse ne me défend pas de le faire dans un moment où Mlle de Sourbec peut se croire liée à mon égard par la reconnaissance. Et je prierai en outre votre seigneurie de considérer dans tous les cas, que j'étais déjà chevalier, lorsque Mlle de Sourbec naissai à peine.

Le comte de Vendôme avait eu le matin même, avant la chasse, un entretien avec Mme Jeanne qiu lui avait fait part des sentiments de Blanche pour le sire de Ginesti, et des projets d'avenir qu'elle rêvait pour la jeune damoiselle. Il répondit donc avec bonté au grand escuyer :

— Monseigneur, ces questions sont fort délicates et les femmes s'entendent mieux que les hommes à les résoudre. Vous déplairait-il de les soumettre à Madame ma Mère.

Le sire de Ginesti protesta de sa profonde vénération pour la comtesse douairière, et il déclara s'en rapporter à son jugement.

Le comte fit aussitôt demander un entretien à Mme Jeanne, et quelques secondes après, il entrait dans sa chambre avec le grand escuyer.

Mme de Beauveau s'y trouvait. Le comte exposa les délicatesses du sire de Ginesti, et demanda à Mme Jeanne ce qu'elle en pensait

— Monseigneur, répondit la comtesse douairière, en se tournant vers le grand escuyer; permettez-moi de vous faire attendre un instant ma réponse. Elle n'en sera que plus précise.

Et frappant avec un marteau d'acier le timbre qui se trouvait sur sa table, un page se présenta. Mme Jeanne lui dit quelques mots à voix basse et il sortit.

Un instant après, on vit entrer Mlle de Sourbec accompagnée de Mme Catherine. A sa vue, el sire de Ginesti fit un mouvement involontaire, qu'il se hâta de réprimer. Quant à la jeune damoiselle, dès qu'elle aperçut le chevalier, son sang reflua vers le cœur. Elle pressentit le motif qui la faisait appeler.

Ma chère enfant, lui dit avec une douceur céleste Mme Jeanne, voici Monseigneur le grand escuyer qui demande votre main, si, pour l'accepter, vous ne devez tenir nul compte du service qu'il vous a rendu aujourd'hui. Que dois-je lui répondre?

Blanche se recueillit un instant. Relevant ensuite la tête avec une noblesse pleine de modestie :

— Si vous pensez, Madame, que je ne sois pas indigne d'un si noble et si vertueux chevalier, dit-elle, je suis prête à vous obéir.

— Monseigneur, dit alors Mme Jeanne en se tournant vers le grand escuyer, ma réponse vient de sortir de la bouche de cette jeune damoiselle.

Et le comte de Vendôme ayant pris le sire de Ginesti par le bras, le grand escuyer se précipita aux pieds de Mlle de Sourbec, en lui baisant les mains. Et comme il protestait que sa vie tout entière serait consacrée au bonheur de celle qui, dès ce moment, était sa fiancée :

— Monseigneur, lui dit Blanche d'une voix

solennelle, en vous donnant ma main, j'accepte tout, heur et malheur; et avec l'aide de Dieu, je saurai souffrir, s'il le faut, pour être digne de votre grande âme.

Hélas! ces paroles devaient trouver bientôt leur application; car ici-bas rien n'est stable, **et** la tristesse est au fond de toutes les joies

Quand le sire de Ginesti se releva, ce fut pour remercier avec effusion le comte de Vendôme; mais le comte ne lui en laissa pas le temps. Il s'avança vers le grand escuyer, et, comme un père aurait pu le faire pour son fils, il le pressa dans ses bras en lui témoignant combien il était heureux de voir se réaliser une telle union.

Blanche, pendant ce temps, était aussi complimentée par Mᵐᵉ Jeanne, Mᵐᵉ de Beauveau et Mᵐᵉ Catherine qui la serraient alternativement sur leur cœur avec une vive émotion. La jeune damoiselle, sous la douce influence de ces caresses et de la joie qu'éprouvaient celles qui les lui prodiguaient, oublia bientôt ses fâcheux pressentiments. Le charmant sourire qui était l'ornement habituel de sa physionnomie, s'épanouit de nouveau sur ses lèvres avec une simplicité ravissante, et tout en elle respira le bonheur.

A son tour, le comte voulut aussi féliciter

Mlle de Sourbec qui venait à lui toute rayonnante, pendant que le sire de Ginesti remerciait Mme de Beauveau. Il lui prit les deux mains
et la baisa au front à deux reprises. Il était tout
ému.

— Ma fille, lui dit-il, je vous donne le chevalier le plus brave et le plus vertueux que je con-
naisse.

Blanche, à ces paroles, se tourna vers le sire
de Ginesti, et le regardant avec des yeux an-
géliques dans lesquels se lisaient à la fois, et sa
pure affection et sa naïve candeur, elle lui dit
en souriant :

— Me pardonnez-vous ma folie, Monseigneur?

Le grand escuyer se jeta de nouveau aux pieds
de sa douce fiancée et protesta du bonheur qu'il
avait éprouvé à se dévouer pour elle.

— Il m'en aurait coûté la vie que je ne l'eusse
point regretté, dit-il ensuite.

A ces mots, le sourire parut s'effacer un instant sur les lèvres de Blanche, comme s'effacent
les rayons du soleil qu'un léger nuage voile en
passant. Mais sa figure s'illumina de nouveau,
lorsque, levant les yeux au ciel, elle s'écria :

— Dieu m'a préservé d'un tel malheur, que
j'eusse pleuré jusqu'à mon dernier jour !

Quelques instants encore, Blanche et le sire

13.

de Ginesti devisèrent, entourés des marques d'affection les plus vives de la part de Mᵐᵉ Jeanne, du comte, de la comtesse et de Mᵐᵉ Catherine. Mais il était tard, et le grand escuyer prit congé de ces dames, salua le comte et se retira, non sans avoir baisé une dernière fois la main de sa fiancée.

Le comte et Mᵐᵉ de Beauveau quittèrent presqu'aussitôt la chambre de Mᵐᵉ Jeanne. Blanche restée seule avec la comtesse douairière et Mᵐᵉ Catherine, s'abandonna plus librement alors à ses épanchements et prodigua mille témoignages de reconnaissance à celle qui lui avait servi de mère et lui en avait gardé toute la tendresse. Elle monta ensuite dans sa chambre avec Mᵐᵉ Catherine, et son premier soin fut de se prosterner au pied de sa madone pour remercier Dieu et Notre Dame la Vierge.

Quant au sire de Ginesti, à peine avait-il quitté le donjon, encore tout enivré de son bonheur, que d'autres soins et d'autres émotions vinrent l'occuper tout entier.

XXIII

LES TRAMES ROMPUES

Nous n'avons point oublié les conventions faites la veille au soir entre le grand escuyer et Jean le Bègue, et nous savons que le sergent limousin avait su contraindre Pierre Maillé à l'aboucher, dans la grotte des Vierges, avec le sire d'Aurignac.

Après ses découvertes importantes, Jean le Bègue était impatient de voir le grand escuyer pour lui tout révéler; mais, outre que le sire de Ginesti était en chasse, la prudence commandait de s'entourer de précautions pour éviter les soupçons de Pierre Maillé qui avait l'œil partout. Heureusement les circonstances étaien favorables; car le sergent limousin devait prendre son service le soir, pour toute la nuit, et pendant que le gascon dormirait, il lui serait facile d'avoir une entrevue avec le sire de Ginesti.

Donc, lorsqu'il se rendit chez le capitaine châtelain pour prendre le mot d'ordre et la consigne, il pria cet officier de faire appeler en secret le grand escuyer à qui, lui, Jean le Bègue, avait d'importantes choses à dénoncer.

Cela fut fait ainsi que le sergent l'avait demandé, et le grand escuyer, à sa sortie du donjon, trouva un planton de faction, depuis un moment à la porte, pour l'avertir qu'il était attendu.

Le grand escuyer se rendit immédiatement chez le capitaine. Celui-ci allait faire appeler Jean le Bègue ; mais il fut convenu que, pour moins attirer l'attention, puisque la chose devait être secrète, le sire de Ginesti visiterait les postes, ce qui lui arrivait quelquefois, et que lorsqu'il en serait au poste de Jean le Bègue, sous prétexte de service, il trouverait moyen de séparer le sergent de ses hommes, et de recevoir ses révélations.

En conséquence, le grand escuyer sortit. Quelques mots suffirent au sergent pour révéler tout ce qu'il savait ; car l'entrevue de la grotte des Vierges n'avait pas été longue, et, dans ce qui s'y était dit, peu de chose avait une importance réelle. Mais l'affaire capitale, c'était de connaitre celui qui tenait les fils de la trame ; et désormais, sous ce rapport, tout était dévoilé.

Profondément affligé de ce qu'il venait d'apprendre, le sire de Ginesti se retira. La nuit se passa tout entière pour lui comme la précédente, sans sommeil ; seulement elle fut beaucoup plus agitée, et, roulant mille pensées dans

son esprit, il ne savait à quelle résolution s'arrêter. Se levant alors, il se prosterna devant son crucifix, et pria quelque temps avec une grande ferveur. Lorsqu'il se releva, il était calme, et con-
considérant de nouveau la situation délicate des
choses, il prit enfin une résolution qui accordait avec son devoir et la sûreté du comte de
Vendôme, les sentiments de générosité qui le ca-
ractérisaient.

Jamais le sire de Ginesti n'avait désiré le retour du jour avec plus d'impatience. Mais ce
n'était pas, comme on pourrait le croire, pour
revoir sa fiancée. Quelque place que put tenir
dans le cœur du grand escuyer l'affection qu'il
avait pour Blanche, en ce moment, de plus sérieuses pensées l'occupaient tout entier.

Les premiers rayons de l'aurore parurent
enfin. Le sire de Ginesti attendit encore quelques
instants; mais dès qu'il vit la clarté du jour se répandre, il sortit et se dirigea vers le logement
du capitaine. Il trouva cet officier, prêt à faire
sa ronde. Le prenant par le bras, il le ramena
dans sa chambre, et fermant la porte avec soin,
il lui dit sans préambule que la trahison était
dans le château, et qu'il fallait songer à la déjouer.

— Vous êtes, ajouta le grand escuyer, un des

plus anciens et des plus fidèles serviteurs de Monseigneur le comte, je le sais. Je sais aussi que rien n'égale votre dévouement et votre valeur, si ce n'est votre discrétion. Je compte donc sur vous pour m'aider à rompre les trames qui nous entourent. Mais avant tout, envoyez mander le sire d'Aurignac, et laissez-moi seul avec lui.

Un planton fut aussitôt dépêché. Quelques minutes après, le chevalier Gascon entrait dans la chambre du capitaine. Grande fut sa surprise lorsqu'en y entrant il aperçut le grand escuyer, et qu'il se vit seul avec lui. Un vague soupçon traversa son esprit. Mais il eut à peine le temps de s'y arrêter; car le sire de Ginesti, dès qu'il eut fermé la porte, s'empressa de lui adresser la parole.

— Messire, lui dit-il, vous avez été élevé dans la maison du comte de Vendôme, et comblé de ses bienfaits. Ce que Dieu a mis en vous de nobles sentiments, de valeur et de générosité, était fait pour répondre à l'affection toute paternelle dont Monseigneur le comte vous entourait : comment avez-vous pu tomber dans les pièges qui vous ont été dressés, au point de devenir l'ennemi de votre père?

Le sire d'Aurignac, relevant la tête avec arrogance, voulait essayer de nier.

— Je sais tout, lui dit le grand escuyer avec
fermeté ; car je surveillais vos démarches. Je
pourrais vous perdre ; rassurez-vous : je veux
vous sauver, et cacher en même temps à Monseigneur le comte, une perfidie qui le tuerait peut-
être, plus sûrement qu'un coup de poignard. Mais
il faut fuir, fuir aujourd'hui même, et ne plus repa-
raître ici, car votre présence y est impossible.

Le sire d'Aurignac ne répondait pas. Il y eut
un moment de silence.

— Parlez, reprit le grand escuyer ; que vous
faut-il pour aider votre fuite ? Un prétexte ? Nous
le trouverons. De l'argent ? Ce que j'ai est à votre
disposition, et j'en aurai davantage s'il le faut.
Nul ne saura votre secret, je vous en fais ici le
serment ; mais, à votre tour, jurez que, même
après avoir quitté le château, vous renoncerez à
vos trames ténébreuses et que vous vivrez en
chevalier brave et loyal.

L'âme du sire d'Aurignac était accessible à
tous les sentiments quand se taisait le flot de
ses passions désordonnées. La générosité du
grand escuyer l'émut profondément. Se précipitant à ses pieds, il lui avoua son crime, en bal-
butiant quelques mots d'excuses fondés sur l'é-
tat déplorable de sa fortune.

Le sire de Ginesti ne put voir devant lui un

chevalier qui s'humiliait, sans que sa générosité plus encore que sa pitié, n'en fût excitée. Il le releva, et lui épargnant par délicatesse toute espèce de réflexion :

— Il faut partir, messire, lui dit-il. Je veillerai sur vous; car votre repentir me prouve que vous saurez noblement effacer le passé.

Le sire d'Aurignac accepta, et jura de quitter le service secret du roi.

— C'est aujourd'hui même que vous partirez, ajouta le grand escuyer.

Et après lui avoir donné rendez-vous à la sixième heure (1) pour régler tout ce qui regardait son départ, il le congédia.

Dès que le chevalier gascon fut sorti, le sire de Ginesti songea à Pierre Maillé. Son intention avait d'abord été de le faire jeter dans un cachot; mais réfléchissant qu'il était impossible d'en agir ainsi, sans que la félonie du sire d'Aurignac ne vint à la connaissance du comte, il y avait renoncé. Il se contenta donc de faire appeler le Gascon, se disposant à le démasquer et à lui ordonner ensuite de quitter le château immédiatement, ce que Pierre Maillé, pensait-il, se garderait bien de ne pas faire, s'estimant heureux d'en être quitte à si bon marché. Mais

(1) Midi.

lorsqu'on chercha le Gascon, il fut impossible de le découvrir nulle part, et il demeura certain qu'il avait déserté.

Les choses n'avaient pu se faire si secrètement, en effet, qu'il n'en transpirât rien.

La veille au soir, Pierre Maillé avait appris que pendant la soirée du comte, Jean le Bègue s'était entretenu secrètement avec le grand escuyer. Dès le point du jour, il avait eu connaissance de la visite nocturne du sire de Ginesti chez le capitaine et de sa rencontre pendant la ronde avec le même Jean le Bègue. Enfin, il venait de découvrir l'entrevue du sire d'Aurignac et du grand escuyer chez le capitaine. Ces circonstances principales, rapprochées de quelques autres, et surtout de la persistance du sergent limousin à connaître le chef du complot, il n'avait plus douté que tout ne fût découvert. A l'aide d'une fausse clef qu'il s'était procurée, il était donc sorti du château par la poterne basse, sans que personne s'en aperçut, et s'était enfui vers les bohémiens.

Cependant, le sire d'Aurignac, lorsqu'il s'était trouvé seul, s'était pris à considérer sa position. Les instincts généreux, qui venaient de s'éveiller dans son âme, sommeillaient depuis trop longtemps et ils étaient trop affaiblis pour que

leur voix pût se faire entendre de manière à dominer tout-à-fait celle de ses passions. D'ailleurs,
dans la vie telle que la lui traçait le sire de Ginesti, il n'y avait désormais pour lui que
sacrifices et combats intérieurs; et il en redoutait déjà le poids. Aussi, son orgueil, un
moment abaissé devant la conscience de son
crime, se releva-t-il bientôt avec une fou-
gue nouvelle, accrue de l'ulcération que laissait
dans son cœur l'humiliation qu'il avait subie.
Ses bonnes résolutions cédaient peu à peu
devant ce flot qui l'emportait. Il luttait cependant, lorsqu'il s'aperçut des minutieuses recherches qu'on faisait à l'occasion de Pierre Maillé
dont il ignorait la fuite. Ne connaissant pas les
projets du grand escuyer sur le Gascon, il se
persuada qu'on ne recherchait son complice que
pour le juger et le punir, et, les conséquences
de cet événement lui paraissant aussi graves
qu'elles étaient inévitables, le dernier rempart
de ses bonnes résolutions s'écroula tout à coup.
Sa décision fut prise aussitôt : s'élançant vers
la poterne basse dont il avait, lui aussi, une
fausse clef, il dirigea sa route vers les grottes
Auduée, où il arriva quelques instants après le
Gascon.

XXIV

LE CONSEIL.

La disparition de Pierre Maillé ne devait rien changer aux projets du sire de Ginesti, puisque le Gascon n'avait fait qu'exécuter de lui-même, par anticipation, ce qu'on s'apprêtait à lui imposer. Cette disparition pouvait d'ailleurs passer pour une simple désertion, et ne tirait pas à conséquence.

Il en était tout autrement de la fuite du sire d'Aurignac. Il devenait impossible de lui donner un motif plausible, en dehors du motif véritable. Aussi, dès qu'à la suite d'incidents inutiles à raconter, cette fuite fut parfaitement constatée, le grand escuyer prit-il la résolution de tout découvrir au comte de Vendôme. Il ne voulut cependant pas en venir à cette triste extrémité sans en avoir conféré avec le capitaine châtelain, qui, bien qu'il ne fut pas précisément ce qu'on est convenu d'appeler un homme de conseil, n'en avait pas moins un sens droit et une grande justesse d'appréciation.

Le grand escuyer fut donc le trouver, et lui demanda d'abord, en manière de préambule, s'il

pensait qu'un chevalier fut engagé par un ser
ment conditionnel, lorsque celui qui devait ac
complir la condition manquait évidemment à
la foi jurée et faisait preuve de trahison. C'étaien
ses propres syndérèses de conscience par rap
port au chevalier gascon, que le sire de Gines
exposait ainsi au capitaine. Celui-ci n'hésit
pas à répondre négativement. Le grand escuye
lui fit connaître alors la félonie du sire d'Aurignac, et ses trames avec Pierre Maillé.

— Capitaine, vous savez tout maintenant
ajouta-t-il; croyez-vous qu'il soit possible d
cacher à Monseigneur le comte, la connaissanc
de ce qui se passe?

Le capitaine répondit qu'il ne le croyait pas
et qu'il considérait même comme un devoir im
périeux de tout découvrir. Puis, faisant un re
tour vers le passé :

— Ah! que j'étais bien inspiré, s'écria-t-il
lorsque je refusais d'enrôler ce perfide Gascon!..
Il n'a pas dépendu de moi non plus qu'il ne fû
pendu à la suite de son affaire avec Jacques
Tissard; car il était coupable, et un secret pres-
sentiment m'avertissait qu'il y avait là autre
chose que ce que tout le monde y voyait.

Quant à ce qui regardait le sire d'Aurignac, le
capitaine n'en pouvait revenir. Tant d'ingra-

titude jointe à tant de félonie, révoltait ses sentiments de droiture et de fidélité.

Enfin, le grand escuyer, après avoir ordonné quelques mesures provisoires, entre autres l'arrestation du clerc de cuisine gagné par Pierre Maillé, quitta le capitaine châtelain et se dirigea vers le donjon, pour remplir la triste mission que lui imposaient les circonstances.

La quatrième heure était déjà sonnée, et le chevalier attendait le comte dans la grande salle, où il lui avait fait demander, pour plus de mystère, un instant d'entretien. Le comte arriva bientôt. La pâleur et l'air consterné du sire de Ginesti, qui venait à lui, le frappèrent singulièrement. Mais croyant que dans l'esprit du chevalier s'était élevé quelque scrupule nouveau au sujet de son mariage, il ne s'en émut point. S'adressant donc au grand escuyer avec une bienveillance exquise :

— Vous avez à m'entretenir, Monseigneur, lui dit-il.

Le calme du comte acheva de briser l'âme du sire de Ginesti; car il vit que le coup allait être d'autant plus terrible qu'il était moins attendu. Se contenant de son mieux, et presque à voix basse, pour trahir le moins possible son émotion, il répondit en s'inclinant :

— Monseigneur, je viens dévoiler à votre seigneurie des choses bien pénibles; et je lui demande pardon d'avance, si ce que je vais lui dire est de nature à troubler la paix dont elle espérait jouir dans cette retraite.

Le comte pâlit.

De quoi s'agit-il donc? s'écria-t-il d'une voix altérée.

— De félonie, répondit le grand escuyer; et je voudrais pouvoir dire à votre seigneurie, que celui qui s'en est rendu coupable n'a jamais reçu d'elle aucun bienfait, et qu'à son crime ne vient point s'ajouter la plus noire ingratitude.

— De grâce, Monseigneur, ne me nommez personne exclama le comte de Vendôme avec l'accent de la douleur, et en portant la main à son front.

Il se fit un moment de silence.

— Monseigneur, reprit timidement le grand escuyer, il est impossible que votre seigneurie reste longtemps sans connaitre la vérité; car elle n'est plus un mystère pour personne.

Et après une pause, il ajouta avec embarras :

— Il est en outre nécessaire de prendre des mesures pour votre sûreté personnelle... et ces mesures sont de la dernière urgence...

Le comte restait immobile. Relevant enfin la

tête, et de l'accent d'un homme qui cherche à dominer ses impressions, il s'écria :

— Parlez, Monseigneur, parlez; je me remets entre les mains de Dieu, et je suis prêt à tout entendre.

Le sire de Ginesti dévoila alors toutes les trames qui s'étaient ourdies dans le château; il dit comment ils les avaient découvertes, et parla de la fuite de celui qui en avait été l'artisan, et de celle de son complice; mais il n'avait encore nommé personne; car il voulait préparer peu à peu le comte à ce dernier coup, le plus terrible de tous. Enfin il ajouta :

— Si votre bien-aimé fils était en âge de tramer pareilles perfidies, ce n'est pas son nom que j'aurais à vous dévoiler, Monseigneur; car le sang qui coule dans ses veines lui ferait repousser jusqu'à la pensée d'une trahison. Mais ceux qui sont nos fils par les bienfaits et la sollicitude paternelle dont nous les entourons...

— Assez! Monseigneur; je comprends tout! s'écria le comte en se laissant tomber sur un banquier, la tête dans ses mains.

Le grand escuyer resta un moment immobile. S'armant enfin d'un courage nouveau, il reprit la parole :

— Monseigneur, dit-il je demande pardon à

votre seigneurie d'agir avec tant de cruauté
mais le temps presse : des mesures urgente
sont nécessaires...

-- Vous avez raison, s'écria le comte en s
levant avec énergie. Je dois faire taire toute
les souffrances de mon âme, et songer au salu
de tant de braves serviteurs qui seraient enve
loppés dans ma chute... je dois songer
Madame ma Mère, ajouta-t-il avec une émotio
si vive que la voix lui manqua.

Puis, continuant sur un ton presque suppliant

— Monseigneur, qu'elle ignore toujours ce qu
se passe; les sinistres prévisions qu'elle en con
cevrait, la feraient mourir!...

Le grand escuyer se tut. Il lui semblait im
possible de pouvoir cacher la vérité à la com
tesse douairière.

Enfin, il allait encore insister sur la nécessit
d'une décision, lorsque le comte, se tournan
vivement, lui donna l'ordre d'assembler immé
diatement tous les chevaliers dans la grand
salle, pour tenir conseil.

Le grand escuyer sortit, et le comte rentr
dans sa chambre, pendant que des valets dispo
saient tout pour la réunion qui allait avoir lieu

Quelques instants après, la salle se remplis
sait de chevaliers. Ils causaient à voix basse su

l'événement du jour qui avait surpris tout le monde, lorsqu'un huissier annonça le comte de Vendôme.

Il parut, et des vivats enthousiastes éclatèrent aussitôt de toutes parts. Il en fut vivement touché. Après avoir salué tous les chevaliers pour les remercier de leur manifestation, il prit place sur le banc à dais qui avait été disposé à l'extrémité de la salle. Son grand escuyer était à sa droite et son sénéchal était à sa gauche.

D'une voix altérée par l'émotion, le comte de Vendôme s'adressant alors aux chevaliers :

— Messires, leur dit-il, vous connaissez déjà les graves motifs qui nous rassemblent. Mon âme en est brisée de douleur. Il n'a jamais été dans ma pensée de contraindre personne à mon service; mais à ceux qui veulent bien m'entourer dans ma retraite, il m'est permis de demander obéissance et fidélité. Vous êtes tous de braves guerriers; puis-je compter sur vous ?

A ces mots, tous les chevaliers tirèrent leur épée, et l'agitant au-dessus de leur tête avec une exaltation impossible à décrire, ils protestèrent de leur dévouement et jurèrent de mourir, s'il le fallait, plutôt que d'abandonner leur seigneur.

— Merci, mes amis, leur dit le comte; je n'en attendais pas moins de votre loyauté. Je ne

14

vous ferai donc pas l'injure de supposer qu'il est des tièdes parmi vous, en disant que je laisse libres ceux qui voudraient quitter mon service.

Les épées se levèrent de nouveau et les plus vives protestations accueillirent encore ces paroles.

Le comte exposa alors la situation et laissa comprendre qu'il ne songeait point à poursuivre le principal coupable. Il allait prendre néanmoins l'avis des chevaliers, lorsque le capitaine châtelain demanda la permission d'ajouter quelques explications. Elle lui fut accordée.

Il fit remarquer au comte, que le grand escuyer, avec sa modestie habituelle, avait tenue secrète sa conduite généreuse envers le sire d'Aurignac. Il fit connaître ce qui s'était passé, insistant sur ce point, que, puisque le chevalier gascon avait pu violer ses derniers serments, il n'y avait plus rien à attendre de lui, et qu'on ne devait lui faire aucun quartier.

Un murmure sourd courut dans l'assemblée après le discours du capitaine; et lorsqu'on en vint à se prononcer, tout d'une voix, les chevaliers furent d'avis de poursuivre à outrance le sire d'Aurignac et Pierre Maillé, qui, certainement, s'étaient réfugiés chez les bohémiens.

Il fut donc arrêté que dix chevaliers et cent

hommes d'armes partiraient immédiatement
pour les grottes Auduée, avec ordre de donner
la chasse aux zingari, et à ceux à qui ils offraient un asile. Vingt autres chevaliers à cheval devaient battre la grande forêt située sur les
coteaux pour couper la retraite aux fuyards, et
les poursuivre sans relâche.

Tout était convenu, et l'on allait se séparer,
lorsque le comte fit signe qu'il avait encore un
mot à dire.

Messires, s'écria-t-il, pensez à Madame ma
mère, que cette trahison peut frapper au cœur;
de quel prétexte pourrons-nous couvrir tout ceci
pour lui dissimuler la vérité?

Il avait à peine fini ces paroles qu'un huissier
annonça Mme la comtesse douairière de Vendôme. Le comte n'avait pas eu le temps de revenir de sa première stupéfaction, que déjà
Mme Jeanne traversait la salle, après avoir
laissé à la porte les deux damoiselles d'honneur
qui l'avaient accompagnée. La pâleur couvrait
son visage; mais sa démarche était pleine d'assurance et de dignité.

Prenant aussitôt la parole, au milieu du silence morne qui régnait, elle s'excusa de venir
ainsi se mêler à de sérieuses délibérations:

Le bruit des acclamations de cette assem-

blée est venu jusqu'à moi, poursuivit-elle ensuite; j'ai voulu m'informer de ce qui se passait,
et j'ai bientôt appris que la trahison nous avait
menacés. Le dernier mot de ces lâches intrigues
n'est certainement pas dit. La haine du roi
Louis ne pardonne pas, vous le savez. Chevaliers, c'est une femme, c'est la mère de votre
seigneur qui vient ici mettre sous la garde de
votre fidélité ce qu'elle a de plus cher au monde.
Peu lui importe, à elle, des jours qui ne peuvent
être bien longs; mais le jeune héritier des comtes de Vendôme vient à peine de naître. Que de-
viendrait-il si son père était frappé, et que
l'appui de vos bras lui manquât? Chevaliers,
jurez-vous...

Elle n'en put dire davantage; émus jusqu'aux
larmes, tous les chevaliers venaient de lever
la main et ils juraient de défendre leurs seigneurs jusqu'à la mort. Puis ils se précipitèrent
aux pieds de la comtesse douairière, et protestèrent hautement de leur dévouemeut à sa personne.

Mme Jeanne, saisit alors la main de son
fils, le ramena vivement sur les degrés du
banc d'honneur qu'il venait de quitter pour
s'approcher d'elle, et lui désignant de là tous les
chevaliers, elle s'écria :

— Bénissons Dieu, Monseigneur, de ce qu'il nous a ménagé dans nos épreuves, une occasion de connaître la fidélité de tant de braves serviteurs!

Des cris répétés saluèrent avec enthousiasme ces dernières paroles.

Cependant l'heure avançait. Le comte rappela que les décisions prises demandaient une prompte exécution. Les chevaliers sortirent, et le comte reconduisit Mme Jeanne dans son appartement.

Quelques instants après, les hommes d'armes et les chevaliers quittaient le château, après avoir pris à la hâte un peu de nourriture; car c'était l'heure du dîner.

Les hommes d'armes se dirigèrent vers les grottes Auduée, à travers le bois qui couvrait la pente du coteau; mais les bohémiens avaient décampé, se doutant bien de ce qui les menaçait. On pouvait espérer que, du moins, les chevaliers, en pressant leurs chevaux, arriveraient à temps pour surprendre les zingari dans leur fuite. Ils ne furent pas plus heureux, et quelque diligence qu'ils missent à se porter sur tous les points de la forêt et sur les routes qui venaient y aboutir, ils n'aperçurent personne

14.

Les deux troupes continuèrent longtemps leurs recherches. Néanmoins, quand le jour commença à baisser, elles se déterminèrent à rentrer au château.

XXV

UNE GRANDE RÉSOLUTION.

Malgré le retard qu'on avait mis au château dans la poursuite des bohémiens, il était impossible, nombreux comme ils l'étaient, et ayant parmi eux des femmes et des enfants, qu'ils eussent pris assez d'avance pour échapper aux cavaliers. On pourrait donc s'étonner du peu de succès de l'expédition lancée contre eux. Mais tout étonnement cessera lorsque nous aurons dit qu'en quittant les grottes Auduée avec le sire d'Aurignac et Pierre Maillé, les zingari s'étaient dirigés vers une ancienne carrière abandonnée depuis des siècles, et située sur la lisière de la grande forêt, au pied d'un tertre ombragé d'arbres séculaires. Cette carrière était extrêmement profonde, et son entrée, basse et étroite, obstruée par d'épaisses broussailles qui la cachaient à tous les regards. Les bohémiens seuls en connaissaient l'existence et se transmettaient

les uns aux autres les indications qui pouvaient
la leur faire retrouver; car elle était pour eux
une retraite assurée en cas de danger.

De cet asile, où il se trouvait sous la protection d'une race maudite et mêlé à tout ce qu'il
y avait de plus abject, le sire d'Aurignac put
entendre le galop des chevaux lancés à sa poursuite et les cris des chevaliers, qui tantôt se di-
visaient, tantôt marchaient par groupes, selon
la disposition des lieux et le but de leurs investigations. Pendant ce temps, il songeait à la
réalisation du projet qu'il avait formé en quittant le château de Lavardin, de se rendre auprès du roi Louis XI pour lui exposer ce
qui venait d'arriver. Il est aisé de comprendre
qu'après avoir rompu les derniers liens qui pouvaient le retenir encore dans la bonne voie, et mé
prisé les offres généreuses du sire de Ginesti, le sire
d'Aurignac ne devait pas se faire faute de joindre
la calomnie à la trahison. Aussi dans les rensei-
gnements qu'il se proposait de donner au roi, le
comte de Vendôme et le grand escuyer, ne de-
vaient-ils pas être épargnés.

Tout bruit avait cessé depuis longtemps dans
la forêt, et la nuit était venue depuis déjà plusieurs heures, lorsque le sire d'Aurignac songea
à quitter les bohémiens. Il était sorti du château

sans armes et dans un costume qui ne pouvait guère lui permettre d'affronter les périls auxquels on était exposé à cette époque, lorsqu'on voyageait, surtout de nuit. Les zingari lui prêtèrent donc une vieille *cotte de maille* (1) et une épée. Ils lui donnèrent ensuite leur meilleur cheval. Ils équipèrent aussi et montèrent de leur mieux Pierre Maillé, et enfin, lorsqu'il fallut partir, ils donnèrent un des leurs au sire d'Aurignac, pour le guider jusqu'au château du Plessis-lès-Tours.

Pendant que tous ces préparatifs se faisaient dans la caverne des zingari, on ne restait pas inactif au château de Lavardin. Les chevaliers avaient fait connaître le peu de succès de leur expédition, et le comte de Vendôme avait convoqué de nouveau le conseil pour qu'il se réunit après le souper.

Donc, lorsque le repas fut fini, les dames se retirèrent dans la chambre de Mme Jeanne, et les valets, au lieu de disposer les tables de jeu, dressèrent au bout de la salle, le banc d'honneur. Le comte s'y assit comme le matin, ayant debout à sa droite le grand escuyer, et à sa gauche son sénéchal; et le conseil commença.

(1) Vêtement de guerre qui consistait en une sorte de chemise faite de petits anneaux de fer ou d'acier.

On fit d'abord comparaître Jean le Bègue, qui fut minutieusement interrogé. Lorsqu'il eut fourni tous les détails que nous savons, on fit comparaître le clerc de cuisine. Ce malheureux essaya d'abord de nier ses rapports avec Pierre Maillé; mais lorsqu'il fut assuré que tout était découvert, et qu'on l'eût menacé de la torture, il fit des aveux complets. Le Gascon lui avait clairement dit qu'au premier moment le roi Louis XI pouvait donner l'ordre d'empoisonner le comte, et il lui avait proposé d'être l'instrument de ce crime s'il devenait nécessaire, ce que le clerc de cuisine avait accepté. Certains détails que donna ce malheureux firent frémir l'assemblée. Il fut condamné à être pendu sans bruit, le lendemain, au point du jour, dans les fossés du donjon, pour cacher ce spectacle à la comtesse douairière.

Cet arrêt rendu, le clerc de cuisine fut ramené dans son cachot, et Jean le Bègue retourna près de ses hommes d'armes.

On s'occupa alors d'une question grave. Il était certain pour tout le monde que le sire d'Aurignac allait se rendre près du roi Louis; et personne ne doutait que ce ne fût pour employer toutes les ressources de son esprit à semer la calomnie contre le comte de Vendôme et tous

ceux qui lui restaient fidèles. Il fallait donc songer à déjouer ces perfides menées.

La chose n'était point facile. Le comte de
Vendôme manifesta l'intention d'écrire au roi
pour protester de sa fidélité et le prémunir contre
les rapports du sire d'Aurignac. Mais toucher
cette dernière question, quelque réserve qu'on y
mît, c'était laisser voir à Louis XI que ses sourdes intrigues étaient découvertes, et cela seul
suffisait pour accroître la haine de ce prince, et
le porter peut-être à quelque extrémité. Dépê-
cher un chevalier chargé de porter au roi des
explications verbales, n'était pas moins délicat.
Du reste, le comte de Vendôme ne se dissimu-
lait point les dangers d'une pareille mission, et il
répugnait à exposer la liberté, la vie peut-être
d'un de ces braves serviteurs dont le dévouement lui était si précieux.

Enfin, après de longues discussions, et sur
l'insistance particulière du sire de Ginesti, il fut
arrêté que le comte écrirait au roi Louis une
lettre dans laquelle il se bornerait à l'assurer de
sa fidélité. Cette lettre serait remise par un des
hauts dignitaires du comte, ainsi que l'étiquette
le prescrivait. Prenant conseil des circonstances et saisissant l'occasion qui lui en pourrait
être fournie par les paroles du roi, l'envoyé dé-

velopperait ensuite le sens de la lettre, et donnerait des explications de nature à déjouer la calomnie.

Dès que cette décision fut prise, le grand escuyer réclama comme un droit, l'honneur de porter au roi le message du comte de Vendôme.

— Monseigneur, dit-il, par la position que j'occupe près de votre personne, c'est à moi que revient cette mission. Je ne me dissimule pas ce qu'elle offre de périls à courir; mais à cause de ces périls même, je ne la déclinerai point, ne voulant en aucune manière qu'un autre aille souffrir des aventures, qu'en me donnant ma charge, Dieu m'a voulu destiner.

Le comte de Vendôme avait prévu cet acte de dévouement de la part du sire de Ginesti. Quoiqu'il sût bien que nul parmi ses chevaliers n'était plus à la hauteur de cette délicate ambassade, il redoutait cependant de la lui confier. Prenant donc la parole :

— Messires, dit-il aux chevaliers, c'est votre avis que je veux prendre. Par sa conduite dans ces dernières circonstances, et par l'éclatante fidélité dont il a fait preuve à mon égard, Mgr le grand escuyer me semble devoir être trop directement en butte aux calomnies du sire d'Aurignac et à la vengeance du Roi notre Sire, pour qu'il

'loit prudent de le charger d'un tel message. Je
nsy verrais pour lui que beaucoup de périls, et
peu de chances de succès. Qu'en pensez-vous,
messires chevaliers?

Les chevaliers furent de l'avis du comte, et
levant la main, ils protestèrent qu'ils étaient prêts
jusqu'au dernier à remplacer le sire de Ginesti.

Mais le grand escuyer, à son tour, déclara
hautement qu'il ne céderait l'honneur de son
poste à personne.

— Monseigneur, ajouta-t-il, s'il est vrai que
je doive être le plus exposé aux calomnies du
sire d'Aurignac, mon honneur ne demande-t-il
pas que je les combatte, puisque Dieu m'en offre
'occasion?

Ce fut pendant un moment, une lutte de générosité entre le comte et le grand escuyer. Enfin, le comte ne pouvant plus résister à la fermeté persévérante du sire de Ginesti :

— Monseigneur, lui dit-il, les dangers sont
immenses pour vous. Songez à la douleur de
Mlle de Sourbec, si vous ne reveniez point, et à
la responsabilité que j'aurais à son égard.

— Je connais cette noble damoiselle, s'écria
vivement le grand escuyer avec un accent solennel; elle préférerait cette douleur à la honte
de me voir reculer devant un danger.

— Vous partirez, Monseigneur, s'écria le comte, vaincu par tant de grandeur d'âme.

L'assemblée resta silencieuse. Après un instant, le grand escuyer reprit :

— Monseigneur, votre seigneurie vient de nommer₁} ₒ ₜ𝚂de Sourbec; je ne vous demande qu'une grâce : celle de lui annoncer moi-même mon départ.

— J'y consens, répondit le comte; puisse cette douce enfant se faire illusion sur les chagrins qui peuvent la menacer!

Cela dit, le comte leva la séance. Les chevaliers s'empressèrent aussitôt autour du grand escuyer en le félicitant et lui pressant les mains. Puis le comte sortit avec lui.

Quelques instants après, ils entraient tous deux dans la chambre de la comtesse douairière, que les dames venaient de quitter. Mme de Beauveau s'y trouvait seule avec Mme Jeanne. Le comte leur annonça la décision qui venait d'être prise, et le départ du grand escuyer.

— Monseigneur, s'écria Mme Jeanne en donnant sa main à baiser au sire de Ginesti, vous faites votre devoir en preux chevalier; mais ce n'est pas une de nos moindres douleurs d'être contraints de vous confier cette mission, que nul cependant ne pouvait si bien remplir que vous.

15

Dieu, et Monseigneur saint Martin, vous seront
en aide!

Mme de Beauveau témoigna aussi sa reconnaissance dans les termes les plus flatteurs·
Puis on parla de la pauvre Blanche, et ces
dames ne purent songer sans émotion au chagrin qui allait la frapper. On se décida enfin à la
faire appeler elle-même pour satisfaire au
vœu du grand escuyer, et bientôt elle entra,
accompagnée de Mme Catherine.

Elle s'avança avec une gravité qui ne lui était
pas ordinaire. Ses joues avaient la pâleur de
la mort; mais sur sa figure régnait une expression de fermeté au-dessus de son âge et de
son sexe.

Le sire de Ginesti s'empressa d'aller à elle, et
se prosternant à ses pieds :

— Pardonnez, lui dit-il, Mademoiselle, si,
après vous avoir promis de ne songer qu'à votre
bonheur, j'ai pris une résolution capable de
contrister votre âme. Mais j'en jure par mon
épée, lorsque, surmontant les généreuses ré-
pugnances de Mgr le comte, j'ai voulu seul me
charger d'une misson délicate qu'il faut remplir auprès du roi Louis XI, vous étiez présente à ma pensée; et j'ai entendu votre noble
cœur me dire que je serais indigne de vous, si,

même pour vous épargner une douleur, je re-
culais devant un devoir.

— Monseigneur, répondit Blanche avec dignité, je vous remercie de m'avoir ainsi jugée. Je
m'attendais à quelque résolution comme celle-
ci, et priais en ce moment Madame la Vierge
qu'elle vous vînt en aide. Allez où l'honneur et
le devoir vous appellent. Heur ou malheur, Monseigneur, je vous l'ai dit, j'accepte tout et sera;
digne de vous.

Puis se tournant vers Mme Jeanne, qui faisait
de vains efforts pour retenir ses larmes.

— Permettez-moi de vous demander une grâce, Madame : avant que Mgr le grand escuyer ne parte, je désirerais être fiancée devant
Dieu, afin de pouvoir penser à lui désormais, comme à mon époux, en son absence.

Mme Jeanne ne put répondre. Les sanglots
étouffèrent sa voix.

Blanche se tournant alors de nouveau vers le
grand escuyer :

— Monseigneur, lui dit-elle, cette pensée
vous agrée-t-elle?

Et comme elle vit que le chevalier avait peine
à contenir son émotion, d'une voix angélique, et
avec l'accent de la plus douce résignation, elle
reprit :

— J'ai souvent ouï dire à Mme Jeanne qu'il n'y avait de véritable affection entre deux âmes, que celle qu'était venu cimenter la communauté des douleurs. Laissons faire à Dieu, Monseigneur !

Elle allait ajouter autre chose ; mais, sentant que l'émotion la gagnait, elle se tut, et d'un geste sublime, elle se contenta de montrer le ciel. Le sire de Ginesti comprit sa pensée, et comme pour accepter ce dernier et immortel rendez-vous, il saisit la main de la jeune damoiselle et la couvrit à la fois de baisers et de larmes.

Tout le monde pleurait. Blanche, sentant bien qu'elle seule pouvait rendre, par son calme, un peu d'énergie à tous ces cœurs affligés, s'écria avec l'accent d'un tendre reproche :

— Eh ! que faites-vous de pleurer tous ainsi, mon Dieu ! voulez-vous donc que je pleure aussi ?

— Mme Jeanne, à ces mots, fit effort pour comprimer son émotion, et après un instant de silence :

— Ma fille, dit-elle à Blanche, vos vœux seront remplis. Un peu avant le jour, mon aumônier fera dans la chapelle, la cérémonie des fiançailles. Tout le château y assistera.

— Vous partirez ensuite, Monseigneur, dit Blanche d'une voix ferme, en s'adressant au grand escuyer.

Puis elle demanda la permission de se retirer.

Quelques instants après, elle était dans sa chambre, et répandait, en priant aux pieds de sa madone, toutes les larmes qu'elle avait comprimées devant son fiancé.

De son côté le sire de Ginesti, dès qu'il fut rentré dans son appartement, se prosterna au pied d'un christ byzantin de cuivre émaillé, qu'il tenait de sa mère. Il pria longtemps, la tête dans ses mains, d'abord pour le succès de la mission qu'il allait remplir, ensuite pour sa jeune fiancée dont la douleur brisait son âme, et enfin pour lui-même. Puis il se releva, et saisissant un *scriptionale* (1) à pied, il le plaça devant sa *chaire*, et il s'assit. Faisant alors avec recueillement le signe de la croix, il se mit à écrire ses dernières volontés, et son âme tout entière se répandit sur la feuille de vélin destinée à celle qui désormais avait ici-bas ses plus chères affections. Le testament était ainsi conçu.

(1) Les *scriptionales* étaient des pupitres sur lesquels on écrivait. Ils étaient munis sur le côté d'une corne de bœuf qui servait d'écritoire. Il y avait des scriptionales de diverses formes. Quelques-uns s'adaptaient aux bras des *chaires,* au moyen de petites potences. Mais au xve siècle, le plus grand nombre étaient montés sur un pied, comme un guéridon, et munis d'une double tablette, dont la supérieure pouvait s'incliner plus ou moins, au moyen d'une petite crémaillère en fer. Le vélin sur lequel on écrivait était tantôt tendu par des cordons qui passaient dans des trous disposés à cet effet ; tantôt maintenu simplement par des lacets de soie, au bout desquels pendaient des poids de plomb, ou de tout autre métal.

« Au moment de partir pour une mission péril-
leuse dont je ne reviendrai peut-être jamais, je
veux donner à la noble damoiselle qui, malgré
mon peu de mérite, a bien voulu m'accepter
pour époux, la seule marque de tendresse qui
puisse être en rapport avec ce que j'aurais voulu
faire pour son bonheur. Après m'être recueilli
en la présence de Dieu, et avoir du meilleur de
mon cœur invoqué Notre Dame la Vierge, mon
saint patron et Mgr saint Martin, je lègue donc
à Mademoiselle Blanche de Sourbec, qui tout à
l'heure sera ma fiancée devant Dieu et la sainte
Église, la totalité de mes biens, pour en faire et
disposer, moi défunt, comme des siens propres
Je ne mets à ce legs aucune condition, étant
assuré par ce que je sais de ladite damoiselle,
qu'elle continuera à faire prier dévotement pour
le repos de l'âme de mon père et ma mère défunts,
et de ce mien ami, tué si malheureusement de
ma main, comme je l'ai toujours fait moi-même ;
qu'elle fera prier aussi pour le repos de mon
âme, qu'elle n'oubliera jamais les pauvres, qu-
sont nos frères en Jésus-Christ, et qu'elle avisera
à toutes les fondations pieuses qui pourront in
téresser la gloire de Dieu. »

Après cette disposition principale, qui était
tout son testament, il se contenta d'écrire la liste

de ses serviteurs, et de les recommander à sa fiancée, sans en excepter un seul.

Son testament terminé, le sire de Ginesti le roula et le scella de son scel. Puis il se prosterna de nouveau au pied de son crucifix et ne songea plus qu'à se préparer à la cérémonie, qui devait avoir lieu quelques heures plus tard.

Dans cette pensée, la nuit tout entière s'écou. la pour lui, entre la prière et de pieuses lectures. Ce fut comme une veillée d'armes.

XXVI

LES FIANÇAILLES.

Quand la dixième heure de la nuit (1) fut son- née, on frappa doucement à la porte du sire de Ginesti. C'était le prieur de Saint-Martin de Lavar- din. Le grand escuyer l'avait fait demander la veille. Il s'entretint avec lui durant un certain temps. Puis le prieur sortit.

Un instant après on frappa de nouveau. Cette fois, c'était le comte de Vendôme, qui venait donner ses dernières instructions. Il entra, et après avoir d'abord fait lecture de la lettre qu'il adressait au roi Louis XI, il resta quelque temps

(1) 4 heures du matin.

à converser avec le chevalier. Puis il lui témoigna sa reconnaissance de la manière la plus affectueuse, et lui présentant la main droite en signe d'amitié, il s'écria tout ému :

— J'en jure par la Sainte-Larme, Monseigneur, jusqu'à ce que je vous revoie, il ne s'écoulera pas une seule heure de ma journée, où mon âme ne s'élève pour vous, au moins une fois, vers Notre Dame la Vierge.

Le grand escuyer saisit la main du comte et la porta à ses lèvres avec respect.

A ce moment, un page vint annoncer que tout était disposé pour la cérémonie. Le sire de Ginesti demanda au comte la permission de faire ses derniers préparatifs. Il se revêtit donc à la hâte d'un jacques de velours vert, brodé à ses armes, attacha à son bras le mouchoir que Blanche lui avait donné deux jours auparavant, et ceignit son épée. Puis il cacha dans sa poitrine le parchemin sur lequel il avait écrit son testament, et ouvrant un écrin d'ivoire délicatement sculpté, il y prit une bague qu'il serra dans son aumônière.

Une dernière fois, il se prosterna ensuite au pied de son crucifix, et se levant :

— Monseigneur, je suis prêt, dit-il.

Le comte de Vendôme qui était déjà en costume de cérémonie, se dirigea alors avec le grand escuyer vers une vaste salle où se trouvaient réunis tous les chevaliers et escuyers, couverts de riches habits. De là, le cortège prit le chemin de la chapelle.

Toutes les cours intérieures et tous les passages du château avaient été éclairés d'une manière splendide, et partout des hommes d'armes faisaient la haie comme pour une fête princière.

A peine le sire de Ginesti fut-il agenouillé dans la chapelle, ayant à côté de lui le comte de Vendôme, que Mlle Blanche de Sourbec y entra. Elle marchait entre la comtesse douairière et Mme de Beauveau, et toutes les dames venaient après elle, dans le plus brillant costume.

La jeune damoiselle avait aussi passé sa nuit en prières, et reçu la visite de l'aumônier. Elle était pâle ; mais cette pâleur, loin de nuire à sa beauté, lui donnait, sous ses habits de fête, une expression admirable, dans laquelle se confondaient et la plus douce résignation et la plus parfaite sérénité. Elle s'agenouilla sur un prie-Dieu, près du sire de Ginesti, et Mme Jeanne à côté d'elle.

Aussitôt commença la cérémonie des fiançailles (1), cérémonie imposante, pour laquelle

(1) *Fiançailles* vient du vieux mot français *fiancer*, qui signifie engager sa foi.

15.

l'Église avait des prièress péciales (1) ; car la promesse solennelle que se faisaient les fiancés, entraînait alors une obligation sérieuse et réciproque, qui ne pouvait se résoudre que par le consentement des parties ou par des dommages-intérêts.

C'était le prieur de Saint-Martin qui officiait, assisté de l'aumônier de Mme Jeanne et du curé de Lavardin. Quand vint le moment de la bénédiction des fiancés, il leur adressa quelques paroles dictées par les circonstances, et qui émurent toute l'assemblée. Puis il bénit la bague que le sire de Ginesti venait de déposer dans un bassin de vermeil, et la lui rendit selon l'usage.

Le grand escuyer se levant alors, et mettant la bague au doigt de Mlle de Sourbec :

— Mademoiselle, lui dit-il, cette bague est celle de ma mère, qui nous bénit en ce moment du haut des cieux.

— Monseigneur, répondit-elle, je la reçois avec reconnaissance, pour ne jamais séparer du vôtre, le souvenir de celle qui la porta.

La messe continua ensuite, et lorsque vint le moment de la communion, les deux fiancés

(1) Les *fiançailles solennelles* avaient lieu autrefois avec la bénédiction d'un prêtre, et il en était dressé un acte, comme de la cérémonie du mariage. L'usage s'en était perdu, déjà avant la première **révolution**.

s'agenouillèrent ensemble à la table sainte, et scellèrent ainsi d'une manière éternelle, dans ce banquet divin, l'engagement solennel qu'ils venaient de contracter.

Toutes les cérémonies religieuses étant terminées, le curé de Lavardin dépouilla les ornements sacerdotaux, et, comme c'était son droit, vint présenter à signer le registre sur lequel était dressé l'acte des fiançailles. Le sire de Ginesti et Mlle de Sourbec signèrent d'abord; puis le comte de Vendôme et la comtesse douairière, qui avaient voulu servir de père et de mère aux fiancés; puis, enfin, Mme de Beauveau, Mme Catherine et les grands dignitaires du comte.

Pendant que le registre se couvrait ainsi de signatures, le grand escuyer s'approcha du curé de Lavardin et lui remit deux aumônières pleines de florins d'or, l'une pour lui, l'autres pour les pauvres; et dès que les signatures furent données, tirant de sa poitrine le parchemin scellé de son scel :

— Monseigneur le comte, et vous, messeigneurs et messires, dit-il, soyez témoins.

Se tournant alors vers sa fiancée :

— Je vais partir, plein de confiance en Dieu, et soutenu par votre pensée, continua-t-il ; mais nous ne pouvons répondre d'un seul jour de notre vie. Il me sera donc consolant de n'avoir en aucune manière à me préoccuper, pendant mon voyage, des affaires d'ici-bas. Ceci est mon testament. Je vous le remets comme à celle qui désormais doit, après Dieu et l'honneur, posséder toutes mes volontés.

Blanche reçut le rouleau de parchemin avec un grand calme apparent :

— Merci, Monseigneur, dit-elle, si vous ne deviez point revenir, j'exécuterai tout ce qu'il renferme ; mais, ajouta-t-elle avec un sourire angélique, en levant les yeux au ciel, la voix des pauvres parlera pour vous, et Notre Dame la Vierge protégera celui qui ne recule devant aucun dévouement. Je vous le rendrai au retour, Monseigneur.

Tous les chevaliers et toutes les dames s'approchèrent alors pour complimenter les fiancés ; puis, sur un mot du comte, le sire de Ginesti offrit son bras à Mlle de Sourbec, et l'on se dirigea vers la grande salle, dans laquelle une collation était servie, avec tout le luxe que nous avons déjà vu déployer pour la grande fête donnée le jour de l'arrivée du comte à Lavardin. Le repas ne manqua point de solennité ; mais la gaieté en fut bannie. Tous les esprits étaient tristement préoccupés.

Enfin, lorsqu'on servit les épices, le grand escuyer se déroba et fut revêtir son armure. Tout son équipage était déjà prêt. Il le passa en revue avec attention, pour s'assurer que rien n'avait été oublié ; puis il dit quelques paroles affectueuses et encourageantes à Jean le Bègue et à Jacques Tissard, qui avaient voulu l'accompagner. Ce dernier, à peine remis de la blessure que lui avait faite Pierre Maillé, était ému jusqu'aux larmes à la seule pensée d'être admis en la compagnie d'un si vaillant et si loyal chevalier. Tous deux étaient remplis de dévouement, et disposés à sacrifier leur vie pour défendre leur maître.

Les premières lueurs de l'aube commençaient à paraître dans le ciel, lorsque le grand escuyer regagna la grande salle du donjon. On l'y attendait dans cette pénible anxiété qui précède de tristes adieux. Dès qu'il parut, tout le monde garda un morne silence. Il s'avança d'abord vers la comtesse douairière, et après l'avoir remerciée de l'intérêt qu'elle avait bien voulu lui témoigner en toute occasion, mais particulièrement dans ces circonstances solennelles, il prit congé d'elle.

— Monseigneur, lui dit Mme Jeanne, soyez persuadé qu'il y aura ici autant de prières, qu'il y a de bouches capables d'articuler

votre nom ; et chaque jour mon aumônier célè-
brera la messe à l'intention de votre retour.

Puis elle lui donna sa main à baiser. Mme de
Beauveau et Mme Catherine en firent autant.

Le grand escuyer s'avança ensuite vers le
comte de Vendôme, et il allait se jeter à ses pieds ;
mais le comte, qui le comprit, ne lui en laissa
pas le temps. Il l'attira dans ses bras et le pressa
contre son cœur, avec une émotion profonde ;
puis il lui donna l'accolade et lui prenant les
deux mains, il s'écria :

— Le comte de Vendôme n'oubliera jamais ce
qu'a fait pour lui son grand escuyer. Monseigneur,
c'est à la vie et à la mort.

Quand il eut fait ses adieux à toutes les dames,
et à tous les chevaliers qui l'entouraient des
plus touchantes marques d'affection et de respect,
le sire de Ginesti fut rejoindre sa fiancée :

— Mademoiselle, lui dit-il, je pars heureux de
votre souvenir, qui me suivra partout et qui sera ma
bonne étoile. Je vous laisse entre les mains de
Mme Jeanne, de Mme de Beauveau et de
Mme Catherine : c'est vous laisser entre les mains
des anges. Ayez courage, priez Notre Dame, et
au revoir !

— Au revoir, Monseigneur, répondit Blanche,

en lui donnant à baiser sa main gauche, ornée de l'anneau bénit.

Le sire de Ginesti la saisit avec empressement. Faisant signe ensuite à un page qu'il avait laissé près de la porte :

— J'ai encore un trésor à vous confier, dit-il à Blanche : cette image, qui me vient de ma mère, et devant laquelle j'ai toujours trouvé du courage pour souffrir.

Et il lui présenta le crucifix byzantin que le page venait d'apporter.

— Monseigneur, il recevra chaque jour mes prières, comme il a reçu les vôtres, s'écria la jeune damoiselle, et c'est devant lui que j'attendrai votre retour.

Le grand escuyer baisa une dernière fois la main de Blanche, celle de Mme Jeanne, de Mme de Beauveau et de Mme Catherine, et s'inclinant profondément, il sortit accompagné du comte et de tous les chevaliers.

XXVII

LE DÉPART.

Quelques instant après, un chevalier armé de plein harnois et monté sur un magnifique destrier

passait sur les ponts-levis du château, qui s'étaient
abaissés avec fracas. Il était suivi d'un escuyer
armé de toutes pièces, et de deux hommes d'armes à cheval, revêtus d'une simple cuirasse.

Lé chevalier portait un casque ombragé d'un
lambrequin vert et sa lance était ornée d'un fanon de même couleur, sur lequel était brodé un
dragon d'or. A son bras gauche était attaché un
mouchoir armorié.

Dès qu'il eut franchi les ponts-levis, il prit le
chemin qui conduisait à la grande forêt, en lon-
geant les fossés du château. Il chevauchait au pas,
comme quelqu'un qui a une longue route à fournir.

Le soleil, qui commençait à se lever, colorait
le ciel de teintes rosées ; les brises d'automne
remplissaient l'air de parfums, et les oiseaux
chantaient, joyeux, sous la feuillée. Tout promettait un beau jour, et de favorables auspices
semblaient accompagner le voyageur.

Lui, les yeux tournés vers le donjon, il oubliait
cette belle nature, et les brises, et le ciel bleu,
pour ces murs qui retenaient son cœur.

De son côté, montée sur la plate-forme du donjon, une jeune damoiselle suivait des yeux, à
travers les créneaux, la marche du chevalier.
Chacun de ses gestes, chacun des mouvements

de son cheval, semblaient être un événement pour elle, et se gravaient dans sa mémoire.

Quant elle le vit prêt à disparaître au détour du chemin, agitant son écharpe, elle le salua d'un dernier adieu, et le chevalier lui rendit son salut en agitant le fanon de sa lance.

Mais le chevalier continuant sa route, la jeune damoiselle n'aperçut bientôt plus que son lambrequin et son fanon; puis son fanon seulement. Enfin, jusqu'à l'escuyer et au dernier homme d'armes, tout disparut.

Poussant alors un profond sanglot et joignant les mains vers le ciel, la jeune damoiselle voulut se mettre à genoux; mais les forces lui manquèrent; elle tomba évanouie.

Cette jeune damoiselle, on l'a compris, c'était Mlle Blanche de Sourbec, et ce chevalier, le sire de Ginesti.

On emporta Blanche dans sa chambre. Les soins de Mme Jeanne, de Mme de Beauveau et de Mme Catherine, la firent revenir. Dès qu'elle eut repris ses sens, ce fut pour se prosterner aux pieds du christ byzantin que lui avait laissé son fiancé. Elle y retrouva la force et la résignation.

Quant au sire de Ginesti, de longs jours s'écoulèrent, sans qu'on le vit revenir; puis des mois,

puis des années. Le comte de Vendôme fit
toutes les recherches en son pouvoir. Mais ses
démarches restèrent infructueuses, et nul ne
put jamais lui dire ce que son fidèle serviteur
était devenu.

ÉPILOGUE.

Un peu plus de quatre ans s'étaient écoulés
depuis les derniers événements dont nous avons
entretenu le lecteur, et l'on était au premier
jour de l'année 1477.

Dans la chambre de Mme Catherine, située
comme nous le savons, au troisième étage du
donjon de Lavardin, une jeune damoiselle, vêtue
de longs habits de deuil était agenouillée sur un
prie-Dieu, devant une madone et un christ de
cuivre émaillé. Les larmes dans les yeux, elle
priait pour ceux qu'il ne lui était plus permis de
voir, et de saluer en ce jour, de ses vœux ardents.
Elle nommait son père, sa mère, Mme Isabelle
de Beauveau, épouse du comte Jean, et
Mme Jeanne de Laval, comtesse douairière de
Vendôme ; et à ces noms chéris, elle mêlait les
prières des morts. Puis, des larmes nouvelles

coulaient de ses yeux ; un autre nom sortait de ses lèvres : c'était le nom du sire de Ginesti, dont nul au monde n'avait rien su depuis le jour où il était parti pour se rendre auprès du roi Louis XI ; et en répétant ce nom, la jeune damoiselle adressait à Notre Dame la Vierge cette simple prière :

— S'il est mort, ô Notre Dame, obtenez le repos de son âme ; s'il est vivant, veillez sur ses jours et offrez à Dieu mes souffrances pour alléger les siennes.

Cette jeune damoiselle, c'était Mlle Blanche de Sourbec, la fiancée de Mgr le grand escuyer du comte de Vendôme. Mais qu'elle était changée depuis le jour où, lançant au galop son destrier à travers la forêt, elle suivait pour la première fois, rayonnante de bonheur, la grande chasse du comte Jean !

Quatre années de douleurs incessantes, marquées par la disparition de son fiancé, la mort de Mme de Beauveau, et surtout la mort de Mme Jeanne, sa bienfaitrice, sa mère, avaient chassé de ses lèvres le sourire angélique qui faisait le charme de sa physionomie. Une pâleur habituelle avait remplacé sur ses joues amaigries les fraîches couleurs qui les animaient autrefois, et les larmes semblaient avoir creusé de profonds sillons sous ses paupières. Ses yeux seuls avaient conservé toute leur vivacité, et dans leur regard se reflétait encore, avec la vie du cœur, la sérénité de l'âme, et l'espérance, cette divine consolatrice de ceux qui souffrent.

Quand Mlle de Sourbec eut prié longtemps, et versé toutes ses douleurs et tous ses vœux devant l'image deux fois vénérée que son fiancé lui avait laissée en partant, elle se releva, essuya ses larmes, et mit la dernière main à sa toilette de deuil. Elle avait à peine terminé, qu'elle entendit frapper la deuxième heure (1). Elle saisit aussitôt sur sa table un rouleau d'étoffe, lié par un ruban de soie, sortit, et, faisant quelques pas dans un corridor, elle s'arrêta devant la porte d'une chambre voisine de la sienne. C'était la chambre de Mme Catherine ; car depuis que tant de douleurs étaient venu assaillir la jeune damoiselle, elle avait désiré être seule, pour pouvoir, à toute heure, pleurer et prier librement, sans imposer aux autres le poids de ses chagrins.

Blanche frappa doucement à cette porte, et une voix lui ayant répondu de l'intérieur, elle entra. Mme Catherine venait aussi de prier et de se recueillir dans ses souvenirs. Blanche

(1) Huit heures du matin.

s'élança dans ses bras. Elle voulait lui offrir ses vœux de nouvel an ; mais en dépit des fermes résolutions qu'elle avait prises, elle ne sut qu'é-clater en sanglots. Mme Catherine se mit à pleu-rer aussi, et durant quelques instants ces deux femmes restèrent ainsi dans les bras l'une de l'autre, agitées d'une commune émotion.

— Pardon, madame, dit enfin Blanche, en maîtrisant son cœur, pardon de réveiller toujours ainsi vos tristesses... Je venais...

Elle ne put continuer ; la voix lui manqua. Se jetant de nouveau dans les bras de Mme Ca-therine :

— Oh ! vous avez compris mon cœur, n'est-ce pas ? s'écria-t-elle.

Mme Catherine la couvrit de baisers et lui prodigua toutes les marques de tendresse.

Blanche se dégageant après un instant, saisit le rouleau qu'elle avait laissé tomber, et rompant le ruban qui le liait, sans articuler un mot, elle étala aux regards de sa vieille amie, un magnifi-que écran de cheminée (1,) qu'elle avait brodé à son intention. Il représentait une nef battue par une mer furieuse, sous un ciel noir que déchirait

(1) Ces meubles qu'on suspendait le plus souvent alors, au manteau des cheminées, étaient presque toujours, comme aujourd'hui, l'ouvrage des dames.

la foudre. Dans le lointain, derrière les sombres
nuées, apparaissait un ciel bleu, sur lequel se
détachait une croix lumineuse. Une banderolle
d'un vert d'émeraude, portait ces mots en lettre
d'or : TOUJOURS ESPÉRER !

Mme Catherine reçut ce délicieux cadeau avec
les marques de la plus vive satisfaction. Cependant l'emblème qu'il représentait l'attrista.
De son côté, elle avait brodé pour Blanche un
coussin de *chaire* (1), où brillaient l'or, la laine
et la soie. Mais, superstitieuse comme elle
l'était, et croyant fermement à ses pressentiments,
elle avait évité toute espèce d'emblèmes (2), de
crainte qu'ils ne réveillassent les souvenirs du
passé, ou ne fussent un leurre à l'égard de l'avenir. Elle s'était donc contentée d'alterner aux
quatres angles du coussin, son écusson avec
celui de Blanche, de telle sorte que les pointes
venaient se réunir au centre.

Blanche ne pénétra point la pensée de
Mme Catherine. Elle ne vit dans la réunion de
ces deux blasons qu'une allusion délicate à l'affection qui les unissait, et elle en témoigna toute
sa reconnaissance à Mme Catherine.

(1) Ce fut tout à fait à la fin du xve siècle que l'on commença
à fixer les garnitures d'étoffe sur les meubles. Jusque-là, on se
contentait de poser sur les sièges des coussins mobiles.

(2) On était alors passionné pour les emblèmes et les allégo-
ries

Ces jolis souvenirs étaient à peine échangés entre ces dames, qu'on entendit frapper discrètement à la porte de la chambre. C'était un page qui venait s'informer si Mlle de Sourbec ne pourrait pas accorder un instant d'entretien particulier à Mgr le comte de Vendôme. Sur la réponse affirmative qui lui fut faite, le page s'éloigna, et Blanche se hâta de regagner sa chambre pour mettre en ordre les petits riens qu'elle avait pu disperser sur les meubles, en faisant sa toilette.

Bientôt on frappa à la porte. C'était le comte. Il paraissait maîtriser avec peine une grande agitation. Ayant demandé la permission de s'asseoir, il débuta en exprimant de la manière la plus délicate à la jeune damoiselle, les vœux qu'il formait pour qu'elle pût enfin goûter de meilleurs jours. Quoique mal assurée, sa voix était profondément affectueuse. Il appelait Blanche se fille ; car depuis qu'il l'avait vu se dévouer jour et nuit au chevet de Mme Jeanne, pendant la maladie qui avait terminé ses jours, il n'avait pas su lui donner d'autre nom. Enfin, après bien des phrases et des circonlocutions pleines d'embarras, il manifesta l'espérance que cette année nouvelle ne s'écoulerait pas, sans qu'on sût quelque chose du sire de Ginesti.

C'était la première fois qu'on exprimait devant Blanche un pareil sentiment. Elle en fut frappée ; et, rapprochant rapidement dans son esprit, la visite matinale du comte, son embarras visible, et ce qu'il venait de dire, elle en conclut qu'il devait être arrivé déjà des nouvelles de son fiancé. Son cœur se mit à battre avec une incroyable violence, et, n'y tenant plus :

— Monseigneur, dit-elle vivement, quelle que soit la grandeur de notre infortune, nous sommes toujours disposés à prendre pour une réalité le moindre rayon d'espoir. Oh ! si vous ne savez rien de lui, je vous en supplie, ne me dites plus qu'il peut revenir.

— Et pourquoi ne vous le dirais-je pas, ma fille ? reprit le comte avec douceur. Le sire de Ginesti serait-il donc le seul dont on eût salué le retour, après avoir pleuré la mort ?

— Grâce ! Monseigneur, grâce ! s'écria Blanche en se précipitant aux pieds du comte ; ne me parlez plus ainsi, ou dites-moi qu'il vit encore.

— Vous savez, ma fille, combien les larmes et les prières sont puissantes sur le cœur de Dieu...

— Oh ! grâce, je vous en supplie, Monseigneur !

— Et vous savez aussi qu'après avoir envoyé l'épreuve, Dieu envoie toujours la consolation.

— Oh ! il vit ! il vit ! exclama Blanche, avec une exaltation impossible à décrire. Dites-le, Monseigneur : j'aurai la force de l'entendre, comme j'ai eu la force de souffrir.

Pour toute réponse, le comte tira de son sein une lettre, et lui en montra la signature. Dès que la jeune damoiselle l'eut reconnue, elle poussa un cri et tomba à genoux devant le christ byzantin, témoin de toutes ses douleurs. L'action de grâce qu'elle éleva vers Dieu en ce moment, les anges seuls pourraient la redire. Elle dut réjouir le ciel ; car jamais prière ne fut faite avec plus de ferveur.

Le comte remerciait Dieu de son côté de la manière dont s'était passée une entrevue qu'il avait singulièrement redoutée. Malgré la bonne nouvelle qu'il venait annoncer à la pauvre Blanche, il était entré chez elle, en effet, en proie à une anxiété des plus pénibles. Il craignait qu'en dépit de toutes les précautions oratoires, après les souffrances dont la pauvre enfant avait été accablée, il ne se fit chez elle une réaction subite qui lui fût fatale. Mais à présent toutes ses craintes étaient dissipées ; il commençait à goûter le double bonheur de savoir sain et sauf son chevalier le plus fidèle, et de voir enfin consolée cette jeune damoiselle qu'il aimait comme sa

16.

fille, et dont il se reprochait d'avoir fait le malheur.

Aussi, lorsque Blanche se releva et qu'elle vint à lui en s'excusant de l'avoir ainsi quitté, ce fut avec le plus gracieux sourire qu'il l'accueillit.

— Vous êtes tout excusée, ma fille, lui dit-il ; Dieu ne passe-t-il pas avant Mgr le comte de Vendôme ?

Puis, il lui donna quelques détails sur l'arrivée de la lettre, qu'un chevaucheur du roi Louis avait apportée depuis une heure à peine ; et après avoir résumé son contenu pour ménager encore la pauvre Blanche, il finit par faire lecture de la lettre elle-même.

Cette missive si longtemps, si douloureusement attendue, était adressée au comte de Vendôme. Le grand escuyer y racontait d'abord comment, à son arrivée au Plessis-lès-Tours, il avait été arrêté par les archers de la garde écossaise, remis entre les mains des sbires du grand prévôt Tristan-l'Ermite, et jeté dans un cachot, sans même avoir pu faire tenir la lettre du comte. Enfin, après plus de quatre ans de captivité, ses plaintes étaient parvenues jusqu'au roi qui s'était empressé de lui rendre la liberté, ainsi qu'à tous ceux de sa suite. Le sire de Ginesti ajoutait qu'en ce moment, il attendait de Louis XI une audience retardée par diverses causes, et qu'il espérait être à Lavardin le jour des Rois, ou le lendemain au plus tard.

Après tous ces détails, il priait enfin le comte de donner de ses nouvelles à sa fiancée. « Veuillez aussi l'assurer, Monseigneur, ajoutait-il, que dans son souvenir, après Dieu, j'ai trouvé la force dont j'avais besoin au milieu de si dures épreuves.»

Il terminait en offrant ses respectueux hommages à Mme de Beauveau et à la comtesse douairière. Hélas ! toutes deux étaient mortes depuis son départ, et le comte n'avait pu lire cette partie de la lettre sans éclater en sanglots. Aussi jugea-t-il à propos de la dissimuler à Blanche, dont il ne voulait point troubler la joie.

Nous n'essaierons pas de peindre les émotions de Mlle de Sourbec pendant la lecture de la lettre de son fiancé. Pour se les représenter mieux que nous ne pourrions les dire, il suffit de posséder un cœur et d'avoir souffert une fois en sa vie les douloureuses anxiétés de l'absence.

Dès que la lettre fut finie :

— Monseigneur, dit Blanche, vous déplairait-il que je fusse annoncer cette bonne nouvelle à Mme Catherine ?

Le comte lui avait à peine répondu, qu'elle s'élança dans le corridor, ouvrit brusquement la porte de son amie, et se précipitant dans ses bras :

— Toujours espérer ! j'avais raison, s'écriat-elle ; il vit, il vit, et je le reverrai dans six jours !

Mme Catherine était toute saisie de cette nouvelle inattendue, et de la manière dont elle lui était annoncée. Elle trouva cependant assez de force pour presser Blanche contre son cœur. Mais presque aussitôt, la pauvre enfant glissa de ses bras et tomba évanouie sur les dalles.

Aux cris que poussa Mme Catherine, le comte accourut. Il aida à déposer Blanche sur un *banquier* ; puis il appela les suivantes de Mme Catherine et sortit.

Grâce aux tendres soins qui lui furent prodigués, Blanche revint bientôt à elle, et, ses premières émotions étant passées, son cœur s'abandonna doucement à la pensée de revoir enfin celui dont le souvenir lui avait fait verser tant de larmes.

Tout entière à cette espérance qu'elle touchait déjà du doigt, pour ainsi dire, la pauvre enfant oubliait les souffrances passées, et l'avenir lui apparaissait comme le ciel bleu qu'elle avait brodé sur l'écran de Mme Catherine, lumineux et désormais sans orages.

Hélas ! il est dans notre existence de ces périodes néfastes que la douleur semble s'être réservées tout absolument ; et jusqu'à ce que le terme fixé par les décrets éternels en soit arrivé, les espérances les plus légitimes, les plus prochaines, ne sont qu'un mirage trompeur. Mlle de Sourbec entrevoyait un rayon de ce mirage ; mais l'orage planait toujours sur sa tête, et la foudre devait tomber encore autour d'elle, avant que Dieu ne finit ses épreuves.

Cependant le jour des Rois, 6 janvier de l'année 1447, ne tarda pas à venir. C'était l'époque fixée pour le retour du sire de Ginesti. Dans les préoccupations de l'attente, Blanche avait à peine dormi durant la nuit. Dès l'aurore, elle se leva, se prosterna devant sa madone et pria longtemps. Puis elle se dirrigea vers la fenêtre, comme pour interroger le ciel. Il était parfaitement pur, et les premiers rayons d'un beau soleil d'hiver coloraient la vallée, couverte de gelée blanche. Seulement, sur le côteau, dans la direction de la forêt par laquelle devait revenir le sire de Ginesti, un brouillard épais flottait derrière les grands arbres dont les branches brillaient, chargées de petits cristaux de glace.

16

Blanche suivait de l'œil ce brouillard qui semblait se prolonger au loin, lorsqu'elle crut entendre de ce côté le trot précipité d'un cheval. Une
vive émotion s'empara de son cœur. Ses regards
se portèrent aussitôt sur la route. Un cavalier
la parcourait rapidement dans la direction du
château, et, à son costume, Blanche le reconnut
pour un chevaucheur du roi. Mille pensées diverses traversèrent en un moment l'esprit de la
jeune damoiselle et le remplirent de prévisions
sinistres. Rien ne semblait les justifier, cependant, et dominant ses sentiments, elle courut
dans la chambre de Mme Catherine lui faire
part de ce qui se passait.

L'arrivée d'un chevaucheur du roi, le jour
même où le sire de Ginesti devait rentrer à
Lavardin, la frappa comme elle avait frappé
Blanche ; car il semblait naturel que le roi char-
geât de ses lettres le grand escuyer du comte de
Vendôme, dussent-elles subir un ou deux jours
de retard. Mais, d'un autre côté, il se pouvait que
les dépêches apportées fussent du sire de Ginesti
lui-même, ainsi que cela était arrivé six jours
auparavant.

Tout en pesant ces diverses appréciations,
Mme Catherine et Blanche s'approchèrent de la
fenêtre pour voir ce qui se passait Le chevau-

cheur avait franchi les ponts-levis. Il attendait dans la cour le capitaine châtelain qu'il avait fait demander, sous prétexte qu'ayant d'autres dépêches à porter au loin, il ne pouvait attendre, et, moins encore, rester au château.

Le capitaine parut bientôt. Ces dames virent le chevaucheur lui remettre une lettre et repartir avec précipitation. Elles virent ensuite le capitaine châtelain se diriger vers le donjon. Dans l'attente des nouvelles qui allaient leur être communiquées, elles quittèrent la fenêtre, et se mirent à prier toutes deux avec ferveur.

Elles étaient à peine prosternées depuis quelques minutes, que des cris de désespoir se firent entendre dans le donjon. Les serviteurs couraient éplorés de tous côtés, s'appelant les uns les autres. Les femmes se jetaient sur les banquiers et sur les chaires, en pleurant et remplissant l'air de gémissements lamentables.

Frappées de terreur, Mme Catherine et Blanche se levèrent simultanément et se précipitèrent vers la porte. Une de leurs suivantes accourait en désordre ; elle leur fit connaître ce qui venait d'arriver.

Le comte Jean avait ouvert la lettre de Louis XI avec une grande joie, persuadé que le roi ne pouvait lui écrire que pour lui rendre son ancienne

amitié. La lettre répondait en effet à l'attente
du comte ; mais pendant qu'il *a lisait, plein d'é-
motion, un trouble inconnu s'était emparé de
ses sens, et il était tombé foudroyé par la mort (1).
On parlait de lettre empoisonnée. La réputation
faite à Louis XI autorisait cette opinion. Mais
jusqu'à quel point était-elle fondée ? c'est ce qu'il
nous serait difficile de dire. Ce qu'il y a de certain,
c'est que les manuscrits de la collégiale de Saint-
Georges et de l'abbaye de la Trinité de Vendôme, la confirment expressément tous deux.

CONCLUSION.

Vers la onzième heure (2), le même jour, un
chevalier armé de toutes pièces, et suivi de deux
hommes d'armes, débouchait de la grande forêt,
se dirigeant vers le château de Lavardin. C'était
le grand escuyer du comte de Vendôme. Il avait
un bras en écharpe ; et les deux hommes qui le
suivaient étaient blessés.

Que lui était-il arrivé pendant sa route ?

(1) Historique.
(2) Cinq heures du soir.

A peine engagé dans la forêt de Gastines, qu'il devait traverser, il était tombé dans une embuscade dressée contre lui par quelques routiers, à la tête desquels se trouvait un chevalier couvert de son armure. Soutenu des siens, il était parvenu à les dissiper, après avoir tué de sa propre main le chevalier, — qu'en relevant la visière de son casque, il avait reconnu pour le sire d'Aurignac, — et un homme d'armes qui n'était autre que Pierre Maillé. Mais il n'avait pu échapper au danger que par des prodiges de valeur. Encore avait-il eu le malheur de perdre dans la mêlée l'escuyer qui l'accompagnait.

Maintenant, plein d'espérance, il s'avançait, et déjà il avait gagné le chemin creux et détourné dans lequel Mlle de Sourbec l'avait vu disparaître quatre ans auparavant. Son cœur battait avec force, quand, tout à coup, la masse imposante du donjon de Lavardin se découvrit à ses yeux. Cette vue lui causa autant de joie que la vue de la terre au malheureux échappé à la fureur de la tempête; mais cette impression fit aussitôt place aux appréhensions les plus sinistres. Le sire de Ginesti avait aperçu les longs crêpes noirs qui flottaient sur le donjon et sur les tour, du château. Il hâta le pas, et bientôt il apprit ce qui venait de se passer et combien de ravages la mort avait fait pendant sa douloureuse absence.

Nous n'essaierons pas de peindre les émotions de Blanche quand elle revit son fiancé. Nous n'essaierons pas de peindre celle du sire de Ginesti. Ce que nous pouvons dire, c'est qu'après le premier mouvement de joie qu'ils éprouvèrent, leur âme se confondit dans une même douleur, celle que leur causait la mort du comte de Vendôme.

Huit jours après, un cortège pompeux sortait de Lavardin et se dirigeait vers la ville de Vendôme. C'était le convoi du comte Jean qu'on allait inhumer dans la chapelle Notre-Dame de la collégiale de Saint-Georges, près du comte Louis de Bourbon, son père, de Mme Jeanne de Laval, sa mère, et de Mme Isabelle de Beauxeau, son épouse.

Le deuil était conduit par Louis de Joyeuse, qui avait épousé une des sœurs du défunt. Il avait près de lui le jeune François de Bourbon, fils du comte Jean, âgé de sept ans à peine. Le sire de Ginesti marchait en tête des chevaliers. En qualité de grand escuyer, il tenait en laisse le cheval du comte, équipé en guerre, et couvert de voiles noirs.

Mlle Blanche de Sourbec marchait à côté de Mme Catherine, en tête du cortège des dames. Pour elle, c'était la troisième fois qu'elle s'acheminait ainsi tristement vers la capitale du Vendomois; car elle avait voulu suivre à leur dernière demeure, et Mme de Beauveau, et Mme Jeanne, sa bienfaitrice.

Lorsque toutes les cérémonies furent terminées et qu'on fut rentré à Lavardin, le sire de Ginest renouvela auprès de Louis de Joyeuse, qui avait été nommé tuteur du jeune comte François, la demande de la main de Mlle de Sourbec. Elle ne pouvait lui être refusée.

Six mois plus tard, quand fut un peu apaisée la douleur causée par la mort tragique du comte Jean, dans la chapelle du château, eut lieu le mariage des deux fiancés. Tout avait changé autour d'eux et les affections qui pouvaient les rattacher à Lavardin n'étaient plus de ce monde. Ils se retirèrent donc après la noce, sur les terres du sire de Ginesti, qui étaient situées dans le Limousin. Blanche voulut amener avec elle Mme Catherine, qui consentit à l'accompagner car elle était désormais seule, et le Limousin la rapprochait de son pays natal.

Après bien des orages et des douleurs peu communes, Blanche et le sire de Ginesti étaient enfin arrivés au port; et dans le silence d'une modeste demeure féodale, partagés entre l'amour de Dieu, le soin des pauvres et les plus pures affections de la terre, ils purent désormais goûter la vie douce et calme qui avait si longtemps fait l'objet de leurs désirs.

TABLE

Paris-Auteuil.— Imp. des Apprentis-Orphelins. — Roussel.
40, rue La Fontaine.

OUVRAGES DU MÊME AUTEUR

CHEZ DUMOULIN, LIBRAIRE

Quai des Grands-Augustins, 13, Paris.

HISTOIRE DE FOULQUES-NERRA, COMTE D'ANJOU, d'après les chartes contemporaines et les plus anciennes chroniques suivie de l'*Office du Saint-Sépulcre* de l'abbaye de Beaulieu, dont les leçons forment une chronique inédite — 1 vol. format Charpentier, de XLIX-585 pages. — Cet ouvrage, orné de 12 planches et d'une grande carte, a été admis au concours de l'Institut (1874), et il a été, de la part de M. le Ministre de l'instruction publique, en 1875, l'objet d'une souscription pour les bibliothèques relevant de son département.

LE CHATEAU DE VENDÔME, sa position stratégique, ses anciennes fortifications, ses souterrains, et le siége qu'il a subi en 1589. — In-8°, avec plan topographique.

DE VENDÔME A LA BONAVENTURE, les Roches, Lavardin, Montoire et Tróo, in-8° avec planches et plans.

En cours de publication :

MONOGRAPHIE DE TRÔO (Loir-et-Cher), paraissant par fascicules de 4 feuilles, grand in-8°, sur magnifique papier, caractères fondus exprès, gravures dans le texte, 4 belles gravures, plans, cartes ou chromolithographies hors texte, par fasiscule. — Cet ouvrage a été couronné en 1875, par la Société historique et archéologique de l'Orléanais, et la Société française d'archéologie lui a décerné sa première médaille d'argent, grand module, en 1878, au Congrès du Mans

LES PRIEURÉS DE MARMOUTIER DANS LE VENDÔMOIS, d'après les documents originaux ; in-8°, avec planches et plans.

Pour paraître prochainement.

LE CARTULAIRE VENDÔMOIS DE MARMOUTIER, publié sur le manuscrit latin n° 5442, du XIIᵉ siècle, de la Bibliothèque nationale, avec avant-propos et notes.
Cette publication confiée à M. Alexandre de Salies par la Société archéologique, scientifique et littéraire du Vendômois, sera éditée par elle, et formera un beau volume grand in-8°

AUTEUIL. — IMP. DES APPRENTIS ORPHELINS.

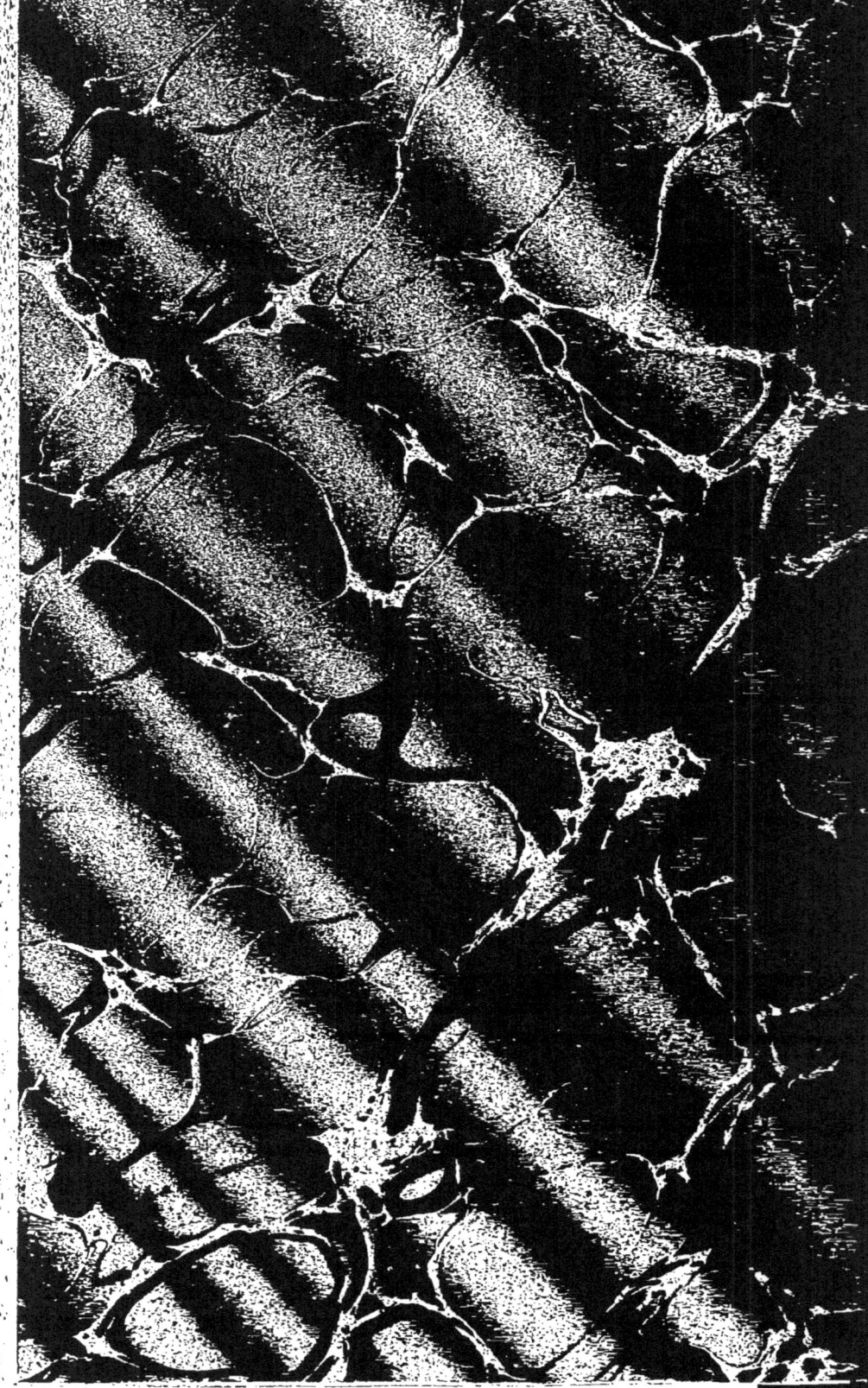